まえがき

20年前の阪神大震災は、それで人生観が変わるというわけではないにしても、やはり衝撃であった。

震災前にバブル期とその崩壊の時期があったが、阪神間はさほど大きな影響は受けなかった。生活文化の側面に限るなら、70年代頃まで（すなわちバブル期以前）の阪神間は、まちがいなく日本でもっとも豊かなところであった。

それは、私自身、進学にともない東京での生活を体験して実感させられたことであり、西宮・芦屋で育った村上春樹氏も類似の感想をエッセイ等に記している。

80年代に入ると、日本では珍しかった富豪の誘拐事件が芦屋や西宮で頻発して全国的なニュースとなったが、戦前からの屋敷街は落ち着いた風情を保っていた。バブルに浮かれているようなムードは阪神間市民にはなかった。東京から転勤でやってきたサラリーマン諸氏も、日本にこんなところがあったのかと、小さからぬ驚きを見せていたものだ。そんな一人に、コミュニケーツ・デザインを主たる領域とするクリエイティブ・ディレクターの「さとなお」氏がいる。東京生まれで東京育ちという、氏の正直な感想を紹介する。

ボクが関西に来たのは１９８５年。それから約14年間住んでいたのだが、その間、苦楽園（８年）─夙川（３年）─芦屋（３年）と阪神間を渡り歩いた。

最初に住む場所を決めたときはほとんど衝撃的だった。阪神高速を走っていて、夕暮れの六甲山の中腹に家の灯《あか》りがキラキラ光るのを見て、「なんて美しいところだろう」と思わず高速を降り、最初に目についた夙川の不動産屋でいきなり物件を見せてもらって即決したのである。あまりの環境の良さに一目惚《ぼ》れしたのだ。初めて夙川沿いの松並木を車で走ったときの感激は今でも覚えている。

田中康夫氏がどこかで「これだけ東京好きなボクでも、真剣に夙川近辺を永住の地にしようか迷った時期がある」と書いていた。

わっかるなあ。苦楽園、夙川、芦屋をはじめとする阪神間は日本トップクラスの住環境だとボクも思う。関東で言ったら田園調布と青山と鎌倉を合わせて３で割った感じかな。山があり川があり海があり、文化的にも豊かな上に、静かで落ち着いている。緑も多いし桜もきれい。大阪へも神戸へも電車で20分と便も良い。洒落《しゃれ》たブティックとかも点在し、何よりおいしい店が多いのが良い。特にフレンチ・レストランとパン屋とケーキ屋がこんなにレベル高くそろっている地区は他にない。最近、閉店・移転のニュースをよく聞くのが寂しいが、それでも阪神間はやっぱりトップクラスの環境だと思う。てな話を、熱く東京人に語ってもあまり信じてくれない。どうも「阪神間」という単語から阪神タイガースを連想し、少々ガラの悪い一部のファンとかも思い出すようである。んでもって、みんなで六甲おろしを歌っている図が瞼《まぶた》に浮かぶという……って、一体どんな街やねん！

そうらしいと知って以来、なるべく阪神間という言葉を使わずに東京人に説明を試みるが、今度は苦楽園という言葉が引っかかったりする。高齢者向け施設の名称みたい、とか言い出す始末。人生苦あれば楽あり、ってか？　なんて悟りきった名前の施設やねん！

（『ａｓａｈｉ　ｆａｍｉｌｙ』２００７年９月７日）

実際、この阪神間という土地柄、独特な住民気質を、関西以外の日本人にわかってもらうのは、意外なほどに至難の業なのである。それでも、首都圏とは異なるかたちで洗練された、この独特な市民文化の成立過程を何とか明らかにして歴史の中に位置づけておきたいとの思いから、まずは〈阪神間モダニズム〉という言葉を広めてみたところ、90年代に入る頃から徐々に賛同者が増えてきて、そろそろ全国に向けて発信しようとした矢先の大震災であった。西宮・芦屋・神戸の複数のミュージアムが同時開催することで、阪神間地域全体を展覧会場に見立てようとして企画された「阪神間モダニズム」展も延期となってしまった。無念であったが、それでも震災前から時間をかけてさまざまな準備をしておいたからこそ、得難い人的ネットワークや資料の保全もできたのである。

88年の秋だったか、日本経済新聞に村上春樹氏の文学について持論を発表してみたところ、春樹氏の父君、村上千秋氏から丁重な手紙を頂戴したことを懐かしく思いだす。

村上春樹氏の傑作『世界の終わりとハードボイルド・ワンダーランド』を朝日新聞の文芸時評で絶賛した劇作家の山崎正和氏とは、兵庫県立芸術文化センター（西宮市）の建設準備段階からよくご一緒したが、予期せぬ大震災により大幅に遅れたものの、10年の歳月を経て、震災復興のシンボルとして同センターは建設された。指揮者の佐渡裕氏を芸術監督に据え、今では西日本でいちばん人気の高い公立劇場だといわれる。

1987年から編集長を2期、通算15年務めた『関西文学』の編集を通じ、小松左京や田辺聖子、小田実といった地元の作家や須田剋太といった画家とも交友がうまれるという具合に、さまざまな出会いに恵まれた四半世紀であったが、私としては、80年代の後半から同誌に書き進めたまま未完となっていた「阪神間近代文学論」の続きを書いておきたかった。しかし、震災で全壊した自宅の再建や相次ぐ親族の死などに忙殺されて月日は残酷に過ぎていき、いつのまにか還暦を過ぎてしまった頃、同誌に村上春樹論を展開していた土居豊氏が関西学院大学出版会から単行本を出したと知り、それなら私も、というわけで今回の上梓となった。土居氏にも感謝したい。

阪神間近代文学論　もくじ

序

筑摩書房版『現代日本文學体系』の別冊「現代文學風土記」で、文芸評論家の奥野健男が「阪神は……独自の文化圏を形成している科学・芸術・教育など文化の中心でもあり、しかも大都会にふさわしく多様・多彩であるが、関西という風土や習慣や文化に根ざす、なにか共通した気質・作風が認められる」と記したのは、昭和42（1967）年のことであった。

それから半世紀近く——。

首都圏への一極集中が加速度的に進んでいくなか、予想だにしなかった震災に見舞われながらも、阪神間は、なんとか独自の文化的アイデンティティを保ってきたのではないだろうか。

本稿では、その「阪神間文化」なるものを、文学を中心にして論じることとした。

谷崎潤一郎の『卍』

阪神間の近代文学の成立に決定的な役割を果たしたのは谷崎潤一郎（1886〜1965）であった。

関東大震災を機に東京から阪神間へ移住した谷崎潤一郎は、上方町人文化の伝統に支えられた女性言葉の魅力に触発されることで新境地を切りひらいていった。なかでも、全文が女性の「一人語り」の形式で書かれた『卍《まんじ》』は、官製標準語の人工的性格ゆえに行き詰まった観ある日本近代文学が、日本語の母なる水脈を求めて旅立つ記念碑的作品となった――と書けば、いささか大仰だろうか。

音読の習慣が廃れた現代においても、声というものをまったく想像しないで読むことができるものなのか。黙読とはいうものの、人々は心の中で声を出し、その声を心の耳で聴きながら読んでいるのではあるまいか――そんな谷崎潤一郎の思いが、『蘆刈《あしかり》』や『盲目物語』といった昭和初期の「語り物」小説に結実していくことになるが、わが国の標準語がまがりなりにも成熟していった背後には、多くの文学者たちの努力があった。近代以降も都市文化の中に「語り」の伝統を色濃く残す関西へ「亡命」することで、首都に成立してまだ日の浅かった新標準語に、歴史や物語の側から豊潤な滋養を注ごうとしたのが谷崎文学であったという言い方ができるかもしれない。

折口信夫（1887～1953）にみるような、ねっとりした音声優位の文体、仮名優位の文体が、昭和初期の大阪の市井にはまだ残存していたのである。

明治以降、急速に流れこむ西洋の文物を翻訳・解説する作業に日本語は追いまくられて、言葉は「意味」の同義語と化した観すらあった。近年のデジタル化の急速な伸展によって視覚から入ってくる要素はいよいよ増大する一方となってはいるものの、周囲のオトナとりわけ年長の女性に物語を読んで聞かせてもらう「読み聞かせ」によって子供が本好きに育つというのは、人間が口伝えによって物語を語り伝えた、文字以前の歴史が圧倒的に長かったせいであろう。言葉は聴覚を通じて親しむというのが元々の姿であり、文字を覚えるにつれ視覚的にもなじんでいくというのが自然の成り行きであろう。これは、個人のみならず、民族や都市といった共同体の言語文化にもいえることではなかろうか。

音声としての言語しか知らなかった頃の人々は「口承」によって「ものがたり」を語り伝えたが、そこでは、理屈や観念に走って情緒的性格を失いがちな男たちより、女性たちの言葉が重要な役割を果たしたことと想像される。

阪神間の女性たちとの幸運な出会いによって自身の文体をよみがえらせることに成功した谷崎潤一郎は、やがて、『春琴抄』や『細雪』といった豊饒な物語世界を展開していくことになるのだが、そこへと到る過程は、漢文脈に縛られた男たちの手から紫式部らの女流文学者が日本語を救いだした平安時代の状況にも似ていた。谷崎が最後の伴侶となる松子夫人とやりとりした手紙の文面からは、王朝文化の残り香のごとき余韻が確かに認められるのである。

今年（2015年）は谷崎潤一郎の没後50年に当たるというので、中央公論新社から決定版の全集が刊行されるのに先立ち、谷崎松子とその妹・重子との書簡全351通が『谷崎潤一郎の恋文　松子・重子姉妹の書簡集』（千葉俊二編、中央公論新社）としてまとめられた。うち288通が未公開のものである。まだ根津姓だった松子が、『痴人の愛』で、スキャンダラスな反響を呼んだ谷崎と初めて顔を合わしたときの興奮を「谷崎先生」に伝えたのが昭和2（1927）年の書簡で、人妻だった松子が「其の夜あなた様の夢をあけ方覚めるまで見つゞけました」と書くのが翌3年。そんな松子から送られてくる文章に刺激を受けて、自己の文学を潤す豊潤な水脈を探り当てた谷崎は、昭和8（1933）年、松子宛てに、側に置いてもらえぬなら「自殺いたしますか高野山へ入つて坊主になるか」とまで書くようになっていく。

そんな昭和3（1928）年から5年にかけて、人妻の書簡体という形式で発表された小説が『卍』であった。

当時の谷崎は、阪急沿線の岡本（現・神戸市東灘区）に居を構えていた。


作者は元来東京の生まれなれども、居を摂洲岡本の里に定めてより茲に歳有り、關西婦人の紅唇より出づる上方言葉の甘美と流麗とに魅せられること久く、試みに会話も地の文も大阪辯を以て一貫したる物語を成さんと欲し、乃ち方言の顧問として大阪府立女子専門學校出身の助手二名を雇ひ、一年有餘を費やして此れを完結す

発表当時、関西人から笑われはしまいか、谷崎は気にしていたという。確かに、今ではエキゾチックとすらいってよい『卍』の文体は、現今のマスコミに流布するような戯画化された関西弁ほどではないにせよ、大阪出身の小説家、河野多恵子（1926～2015）が指摘したように、表面的に関西色の濃い、やや露骨な言葉を選びすぎているかもしれない。

しかし、東京出身者というエトランゼが意識的・客観的に捉えた〝上方〟であったがゆえ

「卍」や「蓼喰う虫」を執筆した岡本の家（神戸市東灘区）
1995年阪神淡路大震災で全壊。

に、わかりやすく説明的に補足されて〝近代の古典〟になったとも考えられる。

もっとも、『卍』を文楽の豊竹英大夫《はなふさだゆう》に朗読してもらったところ、大阪都心の船場言葉や島之内の言葉、阪神間の言葉などが入り混じって、語りにくいとのことであった。

この風変わりな小説は、見晴らしのよい海辺の家がヒロインの住居に設定されている。夫に不満のある若い人妻・園子は、絵画の学校で出会った光子とレズビアン関係に落ちるが、奔放で妖艶な光子は異性の愛人との逢瀬を続け、光子への狂おしいまでの情欲と独占欲に苦しむ園子は死を思いつめる――。

2人の女が織りなす濃密な愛憎と悲劇的

な結末が、生々しい関西弁（阪神言葉）の告白体で綴られる。
少々長くなるが、小林秀雄の評を借りるなら、言葉があたかも生き物と化してむくむく動き出すかのごとき、肉感的な文体の妙味を味わっていただきたい。

そうそう、そいからその時分にあのいつぞやの観音さんの絵エ出来《でけ》上りましたのんで、それ夫にみせたことありました。「ふうん、光子さん云うたらこんな人か。お前にしたらこの絵エうもう出来すぎてるなあ」と、夫は晩御飯のときにそれ畳の上い広げて、一と箸《はし》たべては見、一と箸たべては見いして、「これやったら、さも絵エにかいたようやけど、ほんまにこの通りかいな」と、あやしみながら念押しました。「そらこの絵エ問題になったくらいやもん、よう似てるわ。ほんとの光子さんはこの神々《こうごう》しさの上にちょっと肉感的なとこあるねんけど、日本画にしたらその感じが出えへんねん」――その絵エわたし、大分骨折りましたのんで自分でもよう画けてる思いました。夫はしきりに傑作や云いましたが、とにかくわたしが絵エ云うもん習い始めてから、これほど一生懸命に、興味以って画いたことはあれしませなんだ。「いっそこの絵エ表具《ひょうぐ》してもろたらどうやねん。そんでそれが出来上がってから、光子さんに見に来てもろたらええやないか」と、夫が云いますのんで、わたしもその気イになりまして、そんなら京都の表具屋いやって立派に仕立てさせよ思いながら、ついそのままに放ったあった、或る日イのことでした。「実はこうこう云うつもりやねんけど」と、光子さんにその話したら「表具屋いやるぐらいやったら、もう一ぺん画き直して見《め》えへん？――あれはあれでよう出来てるけど、――顔はよう似てるけど、――体のつきがちょっとだけ違うよってなあ」云われるのんです。「違うて、どう云う風に？」「どう云う風に云うたかって、口で云うたぐらいやったら分かれへんわ」と、そない云われたのんが、ただ自分の感じ正直に述べられたのんで、「わたしの体はもっともっと綺麗です」云うような自慢の意味はなかったのんですけど、でも何とのう不満足に思うてなさる様子でしたので、「そんなら一ぺんあんたのはだかの恰好《かっこ》見せて欲しいなあ」云いますと、「そら、見せたげてもかめへんわ」と、すぐに承知しなさいました。

そんな話があったのんやっぱり学校からの帰り道か何処ぞやったんですやろ。「そんならあんたとこい行て見せたげるわ」云われて、たしかその明くる日の午後、学校早退《はやび》きして二人でわたしの家《うち》い来ました。「うち、はだかになったりなんかしたら、あんたんとこの人びっくりしやはるやろなあ」と、みちみち光子さんは云うておられましたが、きまりわるがるより、なんぞ面白い遊びでもするように、やんちゃな眼エしておかしがっておられるのんでした。「家にええ部屋あるわ。そこやったら誰にも見られへん、西洋間になってるよって」と、わたしはそない云うて二階の寝室い連れて行きました、「まあ、感じのええ部屋やなあ、とてもハイカラなダブルベッドあるなあ」と、光子さんはそのベッドに腰かけて、お臀《しり》にはずみつけてスプリングぐいぐい撓《たゆ》ましたりしながら、暫くおもての海のけしき見ておられました。——宅は海岸の波打ち際《ぎわ》にありますのんで、二階はたいへんに見晴らしええのんです。東の方と、南の方と、両方がガラス窓になってまして、それはとても明《あこ》うて、朝やらおそうまでは寝てられしません。お天気のええ日イは松原の向うに、海越えて遠く紀州あたりの山や、金剛山などが見えます。はあ？——はあ、海水浴も出来るのんです。あそこら辺《へん》の海はちょっと行きますと、じきにどかんと深うなってますので、あぶないのんですけど、香櫨園《こうろえん》だけは海水浴場出来《でけ》まして、夏はほんまに賑《にぎ》やかやのんです。ちょうどその時分は五月のなかば頃でしたから、「早う夏になったらええのんになあ、毎日でも泳ぎに来るのに」と、部屋の中見廻しながら、「うちも結婚したら、こんな寝室持ちたいわ」などと云うたりしました。「あんたやったら、これどころやあるかいな。もっともっとええとこ行けるやないか」「そやけど、結婚してしもたらどんな寝室に住んでも、綺麗な籠《かご》の中に入れられた鳥のようなもんと違うかしらん？」「そらそんな気イすることもあるけど、——」「あんた、此処は夫婦の秘密室やないかいな。わたしこんな部屋い引っ張って来て、旦那さんに叱《しか》られへん？」「秘密室かってかめへんやないか。あんただけは特別やもん」「そない云うても、夫婦の寝室は神聖なもんや云うさかいに、…………」「そしたら処女の裸体かって神聖なもんやよって、ここで見せてもらうのが一番ええわ。今のうちゃったら光線の工合もちょうどええよって、はよ見せてほしいわ」私はそう云うて急《せ》きたてました。「海の方から誰ぞ見てはれへんやろか」「あほらしい、あんな沖の方にいる船から何が見えるもんかいな」「そやけど、ここはガラス窓やよってなあ。——そこのカーテン締めてほしいわ」五月云うても眼エ痛うになるほどキラキラするお天気でしたから窓はところどころ開け放してありましたが、それすっかり締め切ってしもうたのんで、部屋のなかは汗がたらたら流れるぐらいの暑さでした。光子さんは観音さんのポーズするのに、なんぞ白衣《びゃくえ》の代りになるような白い布がほしい云うのんで、ベッドのシーツ剥《は》がしました。そして洋服箪笥《だんす》の蔭い行《い》て、帯ほどいて、髪ばらばらにして、きれいに梳《す》いて、はだかの上いそのシーツをちょうど観音さんのように頭からゆるやかにまといました。「ちょっと見てごらん、こないしてみたら、あんたあの絵エと大分違うやろ」そう云うて光子さんは、箪笥の扉に附いている姿見の前い立って、自分で自分の美しさにぼうっとしておられるのんでした。「まあ、あんた綺麗な体してんなあ」——わたしはなんや、こんな見事な宝持ちながら今までそれ何で隠してなさったのんかと、批難するような気持で云いました。わたしの絵エは顔こそ似せてありますけど、体はY子云うモデル女うつしたのんですから、似ていないのはあたりまえです。それに日本画の方のモデル女は体よりも顔のきれいなのんが多いのんで、そのY子と云う人も、体はそんなに立派ではのうて、肌なんかも荒れてまして、黒く濁ったような感じでしたから、それ見馴《みな》れた眼エには、ほんまに雪と墨程の違いのように思われました。「あんた、こんな綺麗な体やのんに、なんで今まで隠してたん?」と、私はとうとう口に出して恨みごと云うてしまいました。

母音が強調された関西弁の話し言葉がうねうねとつづく、この小説の舞台として選ばれた香櫨園《こうろえん》は、西宮市の西部を南北に流れる夙川《しゅくがわ》の下流から河口部に広がる住宅街である。戦後に村上春樹少年が育った街でもあるが、村上文学と故郷との関係については後述しよう。

『卍』に登場する家のモデルとされた和風家屋は、阪神大震災の数年後まで残っていたが、現在はマンションとなっている。

明治40（1907）年、大阪商人の香野倉治と櫨山《はぜやま》慶次郎は、風光明媚な夙川西岸の片鉾《かたほこ》池の周囲に、日本初のウォーターシュートをそなえた遊園地を開設し、自分たちの「香」と「櫨」をとって「香櫨園」と名づけた。明治38年に開通していた阪神電車が2年後、ここに客を運ぶ駅として香櫨園駅を開設するが、遊園地は大正2（1913）年に閉鎖されて、一帯は閑静な住宅街となった。大正から昭和初期にかけては歌人の中村憲吉（1889〜1934）が、大阪毎日新聞社に勤めながら片鉾池のほとりに居を構えている。

片鉾池とウォーターシュート（提供：西宮市情報公開課）

田辺聖子の『女の日時計』（1970）は、そんな閑静な住宅街に本宅をもつ、灘の造り酒屋に嫁いだ女性の心理を軽快なタッチで描いた小説だが、戦前この地に屋敷を構えてモダンライフを享受するようになったのは、主に大阪の豪商たちであった。

伝統的な船場言葉――というのは、近世中期以降に大坂のブルジョア層が用いてきた古典的な町人言葉であり、当時、夙川に住んだ随筆家の森田たまは、その流麗な響きの美しさを「ビロードの玉のよう」と喩えている。そんな典雅な言葉を話す女性の多かった住宅街に、東京からホワイトカラーが転勤で移ってきたり、地方出身で帝大出の婿養子を迎える家が増えてきたりする関係で、関西弁の柔らかさを保ちつつ新標準語の表現をとり入れた、まったりとモダンな関西弁が若い女性の間にうまれてくる。それは阪神言葉や芦屋言葉と呼ばれたが、『卍』はこの「関西弁の近代化」を記録する試みであった。織田作之助や田辺聖子のように登場人物の会話に関西弁を巧みに活かす作家は少なくないが、地の文まで全文を関西弁で書き切ろうとした小説家は谷崎のほかになかなか見当たらない。

こうして『卍』が切りひらいた近代の〈語り物小説〉の系譜は、芦屋を主な舞台とする井上靖の『猟銃』や、阪急沿線の仁川《にがわ》を舞台とする遠藤周作の『黄色い人』、香櫨園を舞台とする宮本輝の『錦繍《きんしゅう》』といった戦後の書簡体文学に引きつがれて、「私」の世界を描く阪神間文学を特長づけていくことになる。

「私小説」の「私」ではなく、「私」生活を扱う文学という意味である。

新聞文芸の隆盛

もっとも、阪神間の文学風土の下地は、大正時代に整いつつあった。

明治の中頃、筆一本あれば大阪へ行くと飯が食えるといわれたのは、大阪朝日や大阪毎日など日刊紙が連載小説の人気で販売部数を競い、近代日本の商業文芸を育てることに貢献したからであった。夏目漱石や芥川龍之介らも在阪新聞社の世話になったが、そんな新聞ジャーナリズムの世界で存在感を示したのが薄田泣菫《すすきだきゅうきん》（1877〜1945）である。

若くして国民詩人としての名声を得た泣菫が〈編集局見習　学芸部勤務〉という辞令をもらって大阪毎日新聞に入社したのは、大正元年（1912）8月。36歳のときで、当時の学芸部長で香櫨園に居を構えていた菊池幽芳《きくちゆうほう》（1870〜1947）の誘いによる。幽芳は新聞に大衆小説を連載して人気を博し、「家庭小説」というジャンルを確立していた。

泣菫は社内で順調に出世して、大正4（1915）年には学芸部副部長、8年には論説兼務学芸部長に任じられた。社交的な人柄で人望を集め、周囲には常に多くの人が群がって座談に興じたという。当時まだ新進作家だった芥川龍之介や志賀直哉らも文学の先達としての泣菫には敬意を払っている。本人のたっての願いを入れて入社させた芥川龍之介は、50通近い手紙を泣菫に書き送った。「今日は大阪毎日の學藝部長へ書くのではありませんあなたへ書くのです」「私のしどろもどろな小説があなたの手で新聞に出ると云ふ事に私が甚だ恐縮してゐる」といった調子である。のちに文壇のボス的存在となる菊池寛も大阪毎日の社員に泣菫は採用しているし、谷崎潤一郎が原稿料の前借り100円を受け取ったことなどを記した泣菫宛の大正8（1919）年の書簡が昨年4月に見つかっている。

薄田泣菫

泣菫は40歳を過ぎてからパーキンソン病を患い、生活は難渋を極めながらも、みずから「雑草園」と名づけた西宮市分銅町の自宅で随筆を書き綴った。大正5年から昭和5（1930）年にかけて大阪毎日新聞に連載されて好評を博した『茶話《ちゃばなし》』は、古典東西の人物の逸話、街のゴシップなどに独特の味つけをしたものだ。練れた簡潔な文体で、ユーモアにあふれ、世馴れた座談の名手を彷彿させる。文人仲間だけでなく、実業家や政治家、初代中村鴈治

雑草園（西宮市分銅町）

郎ら大阪歌舞伎の名優なども出てくるところは、書生っぽい文学者の多かった近代日本ではめずらしく「オトナの随筆」（丸谷才一）と評されるゆえんである。人間の捉え方がやや類型的ではあるものの、明治を代表する正岡子規の『墨汁一滴』や『病牀六尺』以来のコラムの系譜をつぐと『茶話』を評したのは、阪神間に住み、辛口の評論家としても知られた、書誌学者の谷沢永一（1929〜2011）であった。日本におけるコラムエッセイの最高傑作とされる、この泣菫の文章が読みたさに夕刊を待つ識者が多かったのである。

選抜高校野球大会歌「陽は舞いおどる甲子園……」や、泣菫旧居（雑草園）の傍にある西宮市立安井小学校の校歌は、ともに泣菫の作詞だ。SF作家・小松左京（1931〜2011）は、この校歌を誇らしげに歌って登下校したと、これは本人から直接に筆者が聞いた思い出話である。

泣菫より少し遅れて阪神間に定住し、93歳の天寿をまっとうしたのが、詩人の富田砕花（1890〜1984）であった。

富田砕花

大正デモクラシーの空気を吸って青春を送った砕花は、カーペンターやホイットマンを日本に紹介し、関西学院でアイルランド文学を講義していたこともある。

大正2（1913）年、療養のためやってきた芦屋で配偶者を得た砕花は、この温暖の地に住みついてしまった。ふらりと神戸港まで出かけたところ、船長と意気投合して、着の身着のままの姿で満州まで渡ってしまうといった長閑なエピソードが語り伝えられている。登山家と

旧富田砕花邸（芦屋市宮川町）

しても知られた悠揚迫らざる生き方は、戦前に西宮市・西波止町に住んだボヘミアン詩人・金子光晴（1895～1975）をして「この人は、僕に平等の思想と風来坊のたのしさを仕込んでくれたので、そのお蔭で名声や金にそれほどがつがつした人間にならずにすんだ」（『水の流浪』）と思い出を綴らせている。

晩年の砕花を「芦屋の仙人」と呼ぶ人もいた。

谷崎潤一郎が、のちに伴侶となる根津松子と昭和8（1933）年から同棲し、『文章読本』（1934）を執筆した芦屋市宮川町の家に、砕花はその死まで半世紀近く住んだ。丸石で築いた塀が落ち着いた風情を漂わせる富田邸を、昭和30（1955）年ごろに詩人・文芸評論家の野田宇太郎（1909〜1984）が訪ねて、阪神大空襲の傷跡が残る1本の楠を目にしている。2人の文学者が住んだ屋敷は阪神大震災で半壊となったが、復元されて公開されている。愛猫家で知られた谷崎潤一郎の名作『猫と庄造と二人のをんな』（1936）の舞台となった家である。

『津高家の猫たち』東方出版、1995年

戦前もっぱら詩作に耽って砕花と親交を結び、戦後には世界的な抽象画家となった津高和一（1911〜1995）は、阪神大震災で自宅（西宮市高木西町）の下敷きとなり、夫人ともども亡くなった。主を失った津高家の猫たちは写真集に収められ、全国の愛猫家に引きとられていった。

夏の全国高校野球選手権大会の「大会行進歌」は砕花が作詞したが、その歌詞は実際には用いられず、2013年の鳥取大会で鳥取の高校生が独唱した旨、新聞に報じられた。

兵庫県下の校歌をもっとも多く作詞したのは富

田砕花であり、砕花の詩は実際に朗読してみると素晴らしさがわかると定評がある。谷崎潤一郎の『文章読本』から引いてみる。

「大阪ＪＯＢＫから富田砕花氏が朗読を放送され、ついでＪＯＡＫからも古川緑波氏が漱石の『坊ちゃん』の一節を放送されましたので、ラジオに依って追ひ追ひさう云ふ方面が開拓されるかも知れませんが、富田氏のやうな朗読の名人は、宜しく各学校に招聘されて然るべく、国漢文の先生たちは一と通りその方の技能を備へてをられるやうにしたい」（ＪＯＡＫはＮＨＫ東京放送局、ＪＯＢＫは大阪放送局）。

戦後の書簡体小説

パリのポンピドゥーセンターが、世界各国の名作をフランス語で朗読するカセットテープを作成しているが、日本文学として最初に選ばれたのは『猟銃』であった。

戦後まもなく書かれた井上靖（1907〜1991）の『猟銃』（1949）は、1人の男性へ宛てた3人の女性、不倫相手・男性の妻・不倫相手の娘（母と違って不倫関係はない）からの手紙を通し、4人の男女の複雑な心理模様を流麗な筆致で描いた恋愛心理小説であり、井上靖のストーリーテラーとしての才能が発揮された名作とされる。

おじさまと母さんの事で、もし予感と言うものがあるとしたら、薔子にも一度だけ、そうした事がありました。それは一年程前の事です。お友達と一緒に学校へ行く途中、阪急電車の夙川《しゅくがわ》まで来て、私は課外の英語読本《リーダー》を家に忘れて来た事を思い出したのです。そしてお友達に駅で待っていて戴いて、自分一人家に取りに帰ったのですが、家の御門の前まで来て、私は何故か門の中へ這入る事が出来なかったのです。その日朝からねえやはお使いに出て居り、家の中には母さんお一人だけいらっしゃる筈でした。しかし、母さんがお一人でいらっしゃると言う事が、私は何故か不安だったのです。怖かったのです。私は御門の前に立って、躑躅《つつじ》の植込みを見詰めたまま、這入ろうか、這入るまいか、暫く考え込んでいました。結局英語読本《リーダー》を持って来る事はあきらめて、又お友達の待っている夙川の駅へ引き返したのです。それは何故だか自分でも解らない不思議な気持でした。先刻私が学校へ行くため御門を出た瞬間から、家の中では、母さんお一人の時間が流れ始めた、そんな気持でした。もし私が這入って行ったら、母さんはお困りになるのだ、母さんは悲しそうな顔をなさるのだ、そんな気持でした。そして私は言いようのない孤独な気持で、芦屋川に沿った道を石で蹴《け》り蹴り歩いて、駅へつくと、お友達の話しかけるのも上わの空で聞きながら、待合室の木のベンチに身を持たせかけていたのです。

あの忌まわしい日、母さんの短いが併《しか》し見ていられないような、あの烈しい苦悶《くもん》が始まる直前、母さんは薔子をお呼びになって、文楽のお人形のように妙にすべすべしたお顔をなさって仰言ったのでした。

「母さんはいま毒を飲みました。疲れたの、もう生きて行くのに、疲れたの」

と。それは薔子に仰言ると言うよりも、薔子を通して神さまにでも仰言るような、不思議に澄んだ、天上の音楽のようなお声でした。前夜母さんの日記を読んだばかりの、あの、罪、罪、罪とエッフェル塔のように高く積み上げられた罪の文字が、轟然《ごうぜん》と母さんの周囲に崩れて行く音を私ははっきりと聞きました。十三年間支えて来た何層かの罪の建物の重さは、今疲れきった母さんを、押し潰《つぶ》し、押し流そうとしているのでした。その時、放心したように母さんの前にぺたんと坐って、母さんの遠いあらぬ方を見遣《や》っている視線を追うていた私を、突如、谷から吹き上げて来る野分《のわき》のように、襲って来たものは怒りでした。怒りに似た感情でした。何ものかに対する言い知れぬ忿懣《ふんまん》の、煮え沸《たぎ》ったような熱い感情でした。私は母さんの悲しいお顔を見詰めたまま、

「そう」

唯それだけ短く他人《ひと》事のようにお返事しました。お返事すると、心はさあっと、水をかけたように冷たく冴《さ》えかえって来ました。そして自分でも愕《おどろ》く程冷静な気持で立上ると、お屋敷を横切らず、水の上でも歩くような気持で長い鍵の手のお廊下を渡って行き（この時でした。死の濁流に呑まれる母さんの短い悲鳴が聞えて来たのは。）そして突当

りの電話室に這入り、おじさまにお電話したのです。しかし、五分後にけたたましくお玄関から転げ込んでいらっしゃったのは、おじさまではなく、みどりおばさまでした。母さんは誰よりも親しい、そして誰よりも怖れた、みどりおばさまに手を握られたまま、息を引き取り、そしてみどりおばさまの手で白い布片を、もう辛い事も悲しい事もお感じにならなくなったお顔の上にお載せになったのです。

世評高い宮本輝（1947〜）の『錦繍』は、愛しながらも運命的な事件ゆえに離婚した2人が、10年の歳月を隔て再会し、女は男に宛てて1通の手紙を書き綴る。そこから始まる往復書簡が、それぞれの孤独を生きてきた男女の過去を埋めるように織りなすロマンであり、『卍』にみるような官能美は影を潜めて、リリシズムが基調となっている。

『卍』と『猟銃』は映画化された。『錦繍』は映画化の話が出ながら実現していないが、劇場では朗読劇のかたちでしばしば上演されていて、カナダでも上演された。作者の宮本輝は、その舞台に接して、はからずも泣いてしまったと告白している。

この小説では、香櫨園駅近くのテニスコートや喫茶店が洗練された舞台背景として登場する。

阪神電車の駅から家へと向かう道に沿って細い川が流れていましたね。あなたと正式に離婚してから二ヶ月ぐらいたったころだったでしょうか。あなたも御存知のあの川沿いの玉川書店が店をたたみ、そのあとに〈モーツァルト〉という名の喫茶店が出来たのです。六十歳ぐらいの夫婦者が経営する店で、モーツァルトの曲以外は店内に流さないという主義だということを育子さんが誰かから聞いたらしく、散歩がてら、その店で珈琲《コーヒー》でも飲んできたらどうかとしつこいくらいに勧めるのです。梅雨が終わって、陽差しの強い日でした。

途中、二、三人の顔見知りの奥様方と出逢《であ》いましたが、軽く頭を下げるだけで、向こうが何か言おうとするのを無視して、眩《まぶ》しい道を歩いて行きました。あなたに逢いたいと思いました。照り返しの熱気が、私の額や背中のあたりに汗を滲《にじ》ませてきて、かすかな眩暈《めまい》のようなものを感じたことを覚えています。あなたに逢いたいと、私は何度も思いました。世間の目が何だろう。粉微塵《こなみじん》に割れた壺《つぼ》でも、それがいったい何だろう。私がもっと大きな人間になればよかったのだ。私はあなたを許すことが出来たはずだった。

〈モーツァルト〉は、避暑地でよく見かけるようなペンション風の造りで、外観も店内も茶色い木肌の美しさを強調して、まるで山小屋が一軒ぽつんと建っている、そんなふうな喫茶店でした。太い丸太をそのまま使って、わざと露出させた天井の梁《はり》にも、手作りで組みあげたような木の椅子《いす》やテーブルにも、よっぽど吟味して選び抜いたと思われるほどの味わいのある木目や節の形が、小さいけれどいかにもお金かけて凝り抜いて造ったお店であることを感じさせました。

私は珈琲を註文《ちゅうもん》して、モーツァルトの壮麗な交響曲に聴き入りました。そうしながら、店の中を見廻しました。モーツァルトの肖像画の複製が額に入れて飾ってあり、その横の小さな棚には、モーツァルトに関する何冊かの本が並べられてありました。店の中にはお客は私だけで、「ジュピター」が終わると、何やら吸い込まれていきそうな静けさが私を包んだのです。何という奇妙な静寂だったことでしょう。私はその静寂の中で、また、あなたに逢いたいと強く感じました。するとすぐに別の曲が流れ始めました。御主人がやって来て、学校の先生が幼い生徒に教えるような口振りでこういいました。「これが三十九番シンフォニイ。十六分音符の、奇蹟《きせき》のような名曲です。こんどお越しになったときには、ドン・ジョバンニをかけてあげましょう。その次は、ト短調のシンフォニイです。だんだん、だんだんと、モーツァルトという人間の奇蹟がおわかりになってくるやろと思いますよ」。

この〈モーツァルト〉という店を探し求めて香櫨園を訪れる、宮本輝の愛読者は今もあとを絶たないと聞くが、これは架空の店である。

香櫨園の海沿いの住宅街は戦前からテニスコートの街として知られ、宮本輝の青春小説『青が散る』の舞台にもなったが、夙川・香櫨園を舞台にした小説は戦前から非常に多いのである。

戦後の日本を代表する小説家となった大岡昇平（1909〜1988）の『酸素』は、大岡自身が勤務した帝国酸素がモデルである日仏酸素株式会社を舞台に、太平洋戦争開戦前夜の緊迫した時勢を描いている。主人公の青年は、非合法活動のため阪神間のブルジョア社会に出入りし、財界人の妻と関係を結ぶ一方、美貌の女流画家との愛欲に溺れていく。

大岡昇平が帝国酸素に入社したときの下宿で、「甲山アパート」の名で作中に登場する洋館アパート「甲南荘」は、夙川の西岸、阪急夙川駅から北へ300メートルほどいった、現在の西宮市相生町にあった。

……そこから東に下って阪急夙川駅の西側のガードをくぐり北へ千米ほどもゆくと、そこは「甲南荘」アパートの跡である。戦前まで三階建の洋館があったというが、その跡かたもない。当時の経営者長塩流生氏は西宮市江上町にいるが、氏の話によればそこには評論家の千葉亀雄が大正十五年から昭和三年まで住んでいたという。丸山幹治も昭和三年から十二年まで、その他洋画家の上野山清貢や伊藤慶之助氏もここに住んだ一時があり、谷崎氏も原稿執筆に芦屋から通って来たともいう。左翼陣営から転向した直後の片岡鉄平も保釈中をこのアパートに身を寄せていた。昭和八年ごろの話である。アパートの住人で野球チームを作ろうということになって、町のアマチュア球団との試合に出場したが、運悪く同じチームのなかにSという検事もいて、いわば呉越同舟で斗った。ところがその小話を耳に擁んだ新聞記者の小さな記事が当局の目に入りR検事は左遷され、鉄平は東京につれ戻されたという笑えぬ挿話もあるという。その後も鉄平は妻子を伴って数年間住んでいた。

(『わが師わが友』)

このアパートは、谷崎潤一郎の『細雪』に、蒔岡《まきおか》家の末妹・妙子が人形を製作する仕事部屋として「松涛アパート」の名で登場する。それは谷崎が夙川にあった実業家（根津家）の別邸に滞在していた頃の記憶によるもので、さまざまな文化人が出入りする、世間に名の知れたアパートであった。

彼女は最初、本家は子供が大勢で騒々しいので、幸子の家へ来て作っていたが、そうなるともっと完全な仕事部屋がほしくなって、幸子の所から三十分もかからずに行ける、同じ電車の沿線の夙川の松涛アパートの一室を借りた……

大岡昇平

『細雪』では、妙子のアトリエが夙川にあり、その恋人の奥畑も近くに住んでいたという設定になっている。

2人が歩いた夙川の土手は、日本初のパークロードとして昭和10年代に整備され、美しい河川公園となった。奥畑邸の傍にあった〈一本松〉、その家へ行くのに潜る〈マンボウ〉と

マンボウ

呼ばれる省線（現・JR）の線路下の小トンネル……。阪神大震災で様相が相当変わってしまった町の佇まいの中にも、随所に昭和初期の名残をしのぶことができる。マンボウとは、オランダ語の〈マンプウ〉に由来する呼び方だということであり、前出の薄田泣菫の「雑草園」もこの近くにあった。

一本松（西宮市常磐町）

『細雪』の世界

阪神間の市民文学が谷崎潤一郎によって始まるといわれるのは、何よりもまず、阪神間市民の生活を克明に描き出したからにほかならない。

東京日本橋に生まれ育った生粋の江戸っ子で、もともと関西を好まなかった谷崎が、しだいに関西の風土を好きになっていき、ついには関西の女性を理想とするようになって結婚へと到る、その嗜好の変化には、関西の味覚や音曲、阪神間の温暖な気候など、さまざまな要素が絡まり合っていた。

それらを探るべく、代表作『細雪』の舞台に足を踏み入れてみよう。

阪神電鉄「魚崎《うおざき》」駅から住吉川右岸の松並木に沿って整備された緩い傾斜道を上っていくと、ほどなく倚松庵《いしょうあん》（神戸市東灘区住吉東町1丁目）にたどり着く。倚松庵とは松（松子）によりかかる家といった意味になるだろうか、〈松子〉とは、根津松子、のちに谷崎松子となる女性のことである。谷崎が松子とその娘や妹たちと充ち足りた日々を送った家が倚松庵であった。

「うつりきてわれはすむなりすみよしのつゝみのまつのつゆけしきもと」

（「倚松庵十首」）

関東大震災の難を逃れて関西へ移ってから5年目となる昭和3（1928）年の春、芥川龍之介が大阪・中之島の公会堂で講演した折、谷崎は大阪船場の豪商・根津家の〝ご寮人さん〟（船場でいう奥様）であった松子とめぐり会う。芥川ファンだった松子が、芥川を訪ねた谷崎を見知ったのである。

それから松子と結ばれるまでの間に、最初の妻千代と離婚した谷崎は、親子ほど年の離れた雑誌記者・古川丁未子《とみこ》と2度目の結婚をしている。鳥取の旧家出身の丁未子は、谷崎が『卍』を執筆するにあたり関西弁の助手として雇った女学生（高木治江）の同級生で、美人であったが、この結婚生活は長くは続かなかった。才媛とはいいつつ、まだ若かった丁未子には、ふくみのある男女間の会話などできず、谷崎には物足りなかったのであろう。その点、世間を識り、男女の機微に通じ、芝居がかった夫婦生活もこなせるという都会っ子の松子はしたたかでもあった。この時代の谷崎をとりまく人々の情景は、高木治江『谷崎家の思い出』（1977）に詳しい。

昭和10（1935）年に松子と芦屋・宮川町の家（前出・旧富田砕花邸）で正式に所帯を持った谷崎は、翌年、松子の娘と2人の妹を引き連れ、住吉川沿いの倚松庵へと転居する。長女（朝子）の夫、つまり蒔岡家の当主となる入り婿と折り合いの悪い三女（重子）と末妹（信子）は大阪の本家に寄りつこうとせず、分家となる二女（松子）一家と同居した。

そんな女たちの日常をこまごまと盛り込みながら、婚期の遅れた三女雪子（重子がモデル）の数々の見合い話と、四女妙子（信子がモデル）の男性遍歴とを軸に、小説は展開する。

雪子は純日本的、妙子はハイカラな女性として描かれているが、雪子はフランス語やピアノを、妙子は地歌舞を習うという一面もあった。

木造2階建て、外観が和風という倚松庵は、日本女性と結婚したベルギー領事館に勤務するベルギー人が設計した家であり、阪神間文化を象徴する「和洋折衷」となっている。

玄関を入ると廊下が通り、右側に台所や風呂、左側に洋風の応接間と食堂、その奥は縁側のある和室となっている。三女の雪子が四女の妙子に足指の爪を切ってもらう場面は、この部屋であろう。

この間の晩も、幸子が何気なしに台所の前の廊下を通ると、そこの障子が半開きになっており、風呂の焚《た》き口から風呂場へ通じる潜《くぐ》り戸がまた五六寸開いていて、湯に漬かっている妙子の肩から上の姿が、隙間からちらちら見えるので、……

洋間では、マントルピースや、ステンドグラスのはまったドアが目に入る。

いったいこの家は大部分が日本間で、洋間と云うのは、食堂と応接間と二た間つづきになった部屋があるだけであったが（中略）応接間の方には、ピアノやラジオ蓄音機があり、冬は暖炉に薪を燃やすようにしてあった

2階には和室が3部屋。8畳と6畳と4畳半。ユダヤ人ピアニスト、レオ・シロタのピアノ演奏会へ出かけていくのに姉妹が装いを凝らす『細雪』の冒頭の場面は、2階の8畳の和室が舞台である。昭和34（1959）年に封切られた『細雪』（大映、島耕二監督）でも「こい

さん、頼むわ。――」と姉が着付けを妹に手伝わせるくだりが印象的なシーンとなっていた。

没落してゆく大阪船場の旧家、蒔岡家の4姉妹を描いた『細雪』は、花見や月見、蛍狩りといった四季折々の年中行事に姉妹らが着飾って出かけていくさまや、地唄舞の発表会、文楽座の思い出などが絵巻物さながらに展開される。

倚松庵（神戸市東灘区）

昨年12月に亡くなった小説家の宮尾登美子（1926～2014）は、終戦後の四国の田舎でこのあでやかな物語に読み耽り、戦時下ながらも美しく育ってゆく4姉妹とはあまりにも対称的なわが身哀しさにうちひしがれ、ついには己の運命を自分の手で切りひらく決意を固めたと告白していたものである。

もっとも、倚松庵はさほど大きな家ではなく、小説では実際より1・5倍ほどに拡大されて、豪邸らしく描かれてはいる。

谷崎が倚松庵の書斎でこの長篇小説を書き始めた昭和17（1942）年の秋といえば、日本軍がミッドウェー海戦で敗れ、太平洋戦争の主導権を失っていった頃である。あの無謀な戦争をもっとも軽蔑していた文学者は谷崎潤一郎であったろうと、作家で僧侶となった今東光（1898～1977）は記しているが、日本国民皆等しく耐え忍ばねばならぬとされた時勢に、ブルジョア趣味あふれる優雅な物語を書き綴って倦まなかった文豪の覚悟を思うと、芸術家としての執念のようなものを感じざるをえない。

川と橋と月

住吉川下流に架かる反高橋《たんたか》の上で待ち合わせて手を握り、谷崎恵美子（松子と先夫・根津清太郎との娘）と小学校へ通った思い出を語っているのは、享保2（1717）年創業という造り酒屋・櫻正宗10代目社長、のちに会長を務めた山邑芳子である。芳子は小学1年生のとき、当時小学6年生だった谷崎恵美子と毎朝手をつないで登校したという。「2人とも割と物静かだったものですから、おしゃべりするということもなく、ただ歩いていた記憶があります。水ぬるむ季節になると、川沿いの桜並木が見事で」（朝日新聞、平成11年11月20日阪神版）。川沿いには、櫻正宗がオーナーに加わる灘校や、甲南高女（現・甲南女子中・高校）もあったから、その頃ちょうど中学生として両校に通っていた遠藤周作や佐藤愛子もこの川沿いを歩いたことであろう。

山邑邸は反高橋を挟んだ左岸にあり、右岸には、「こんもり茂った松の中にひっそりとたたずむ」倚松庵があった。すでに大谷崎と異名をとる文豪は「怖そうなおじいさん」だったが、夫人の松子は、「母が『本当にきれいな奥様』とよく言っていました。紫の小紋がとても似合って」と芳子は語っている。

達筆で知られる松子に櫻正宗の吟醸酒「細雪のさと」のラベルを書いてもらう縁はこの頃にできたが、『細雪』の主な舞台は住吉ではなく芦屋に設定されている。

戦前からブルジョアジーの居住する屋敷街として知られた阪神間のなかでも、高級住宅街として全国に名をはせ、『芦屋婦人』というタイトルの小説などがすでに登場していた芦屋は、潤一郎と松子が所帯をもち新婚生活を始めた思い出の地であった。

『細雪』に記された〈蘆屋川の停留所までは七八丁〉〈家から半丁ほど北のところで線路へ上がった〉場所には、松子との婚礼の仲人を務めた木場悦熊の家もあった。谷崎は、最初の妻・千代と別れた頃、木場家に間借りしていた時代があった。

この三人の姉妹が、たまたま天気の好い日などに、土地の人が水道路と呼んでいる、阪急の線路に並行した山側の路を、余所行きの衣装を着飾って連れ立って歩いて行く姿は、さすがに人の目を惹かずにはいなかった。

水道路《すいどうみち》の通称で『細雪』に登場する阪急「芦屋川」駅北側の東西の道は、現在の山手商店街に当たる。作中しばしば登場する櫛田医院のモデルで、谷崎一家の主治医だった重信医院の瀟洒な洋館が今も残る。

この阪急「芦屋川」駅も、阪神電車の「芦屋」駅も、芦屋の町を南北に貫く芦屋川を跨ぐような格好で東西に架かり、駅そのものが橋といった趣である。阪神芦屋駅のホームに降り立って北のほうを眺めれば、六甲の山並、広々とした河川敷の芝生、川沿いの邸宅群が一望できる。フランク・ロイド・ライト設計の旧山邑邸（現・ヨドコウ迎賓館）や芦屋市立ルナホールの建物も見え

重信医院（芦屋市西山町）

阪神芦屋駅から芦屋川を望む

る。南側に目をやると、松林を越えて大阪湾の海面がきらめく。山・海・川をとりこんだ屋敷街の景観を味わいたさに、わざわざ芦屋駅で下車して一服する阪神電車利用者もいるほどだ。

山と海が近く、中小の河川に恵まれた阪神間には、阪急「夙川」駅や阪神「香櫨園」駅など、こうした橋上駅がいくつかあり、私鉄が地域の環境に溶けこんでいるさまがホーム上から実感できる。

阪神間とは「大阪と神戸の間」の意味だが、この地域全体が、いわば大阪と神戸をつなぐ「橋」として出現したという形容もできるだろうか。それは、大阪という近世商業都市とモダンシティ神戸との間に架けられた橋であり、上方町人文化をモダニズムへと橋渡しする役目を担うことになった。そして、いつしか、その橋は単なる通路ではなくなり、〈関西の近代〉を象徴するような生活の舞台として機能するようになっていった。

『細雪』にみる、伝統文化とハイカラ風俗の独特な共存。いわば洋楽のカブキとして日本の風土に根づいていったタカラヅカ……。行政区間は兵庫県に属しながらも阪神間の電話番号局番には大阪の市外局番（06）が入り混じり、（0727）も大阪・兵庫両府県にまたがるといった具合に、存在自体が両義的で曖昧さを含んだところであった。宝塚歌劇や甲子園球場、伊丹空港などの所在地が、大阪府にあるのか兵庫県なのか戸惑う人もいまだに少なくない。そんな曖昧さを楽しむかのように熟成してきた土地柄でもあった。

この阪神間の北郊の地に実業家の小林一三が創始した宝塚少女歌劇は、昔はファンが阪急宝塚駅から武庫川の中州へ架かる橋を渡って見物にいったものである。大阪梅田から電車で終点までいき、そこからメルヘン調の橋を通って歌劇場へ入るというコースは、異空間への旅を意識して演出されたものであった。後年の埋め立てによって中州までが地続きになり、さらに阪急今津線が西宮から開通すると、「宝塚南口」で下車して、武庫川の本流に架かる大橋を渡る観劇プロムナードが賑わうようになっていく。

『細雪』に話を戻そう。

昭和17（1942）年から7年間という執筆期が、戦中から終戦直後にかけての非常時であったことを思うと、ここに描かれた典雅な世界は驚異的ですらある。当然に「時局柄不謹慎極まる」との理由で「中央公論」での連載は軍部の圧力により中止され、私家版としての上梓も禁じられて、ひそかに防空壕などで執筆は続けられた。当初は、『三寒四温』という題名で阪神間の上流階級の退廃した暮らしを描く予定だったのが、戦時統制が強まるなかで今のような物語に変わっていったと、のちに谷崎は随想で明らかにしている。

住吉川沿いの道を灘校へ通った作家の高橋源一郎は、ひたすら軍国へと傾斜してゆく祖国への怒りの念を『細雪』に読みとっている。『源氏物語』をうんだ日本とはあまりにも異なった方向へ転がり落ちてゆく祖国への、それは谷崎の嘆きでもあった。

作中とりわけ名高い阪神大水害（昭和13年）の迫真の描写は、しのびよる大戦の不気味な巨影を連想させるのだ。

〝細雪〟とは、降っているのかいないのか曖昧な、かぼそい雪のことをさす。何事につけはっきりとしないヒロイン雪子の曖昧な性格にどことなくそれは符合するし、モダンなのか古風なのか判然としない阪神間の風土にも重なってくる、謎かけのようなタイトルとなっているのだが、『細雪』の表記が出てくるのは昭和11（1936）年末のことである。従来は登場人物の雪子という名前からタイトルをつけたと考えられてきたが、『細雪』のメモの書き出しには雪子ではなくS子と表記されており、千葉俊二・早稲田大学教授は「人物名より先にタイトルがついていた可能性がある」と推理している。

生理が近づくたび三女・雪子の白い膚に浮かび上がる黒い「しみ」。これが雪子の見合いのたびちょっとした問題となる。さらに、もう1つ、末娘・妙子が死産する、蠟色に透き通った、なまめかしいまでに美しい女の赤子——この2つが『細雪』のいちばん凄いところだと指摘したのは、フランス文学者で風俗史に詳しい多田道太郎（1924～2007）であった。

多田道太郎の実家は、大阪・船場で木綿問屋を営み、住まいは阪急沿線の岡本にあるという、典型的な「阪神間族」であった。多田家は大正末期から昭和初期にかけて谷崎家の家主だったこともあったらしく、岡本界隈で谷崎本人と近所づきあいもしていたようである。

18世紀の享保年間（1716～1735）あたりから2世紀余にわたって「町人の都」とし

てわが国の商業世界に君臨した大阪の船場は、近世初頭に御所に出入りする伏見商人らによって町並みが形成された。そんな豪商たちの末裔たちが近代になって阪神間に居を構えるようになっていくわけであり、この京都→船場→芦屋と伝わる都市民の系譜に、谷崎は上方市民文化の本流をみたのであった。

この関西ベイエリアの北岸に花ひらいた近代は、中世の京都や近世の大坂といった豊饒な都市文化の遺産を引きつぎ、それらの伝統の上に独特なモダニズムを築きあげ、そうした重層する歴史が独自の「陰翳」をうみだすことにもなった。

谷崎潤一郎の『陰翳禮讃』を虚心に読むならば、それは「反近代」「反文明」を唱えているわけではなく、もっと日本人にふさわしい近代文明のかたちがありうるのではないかという、真摯な問題提起であったことが知れよう。谷崎の住んだ阪急沿線岡本の家は「和洋華」折衷の様式であったが、近代日本語の文体には和洋漢のバランスが大事であると谷崎が考えていたらしきことと符合する。

船場文化の最後の光芒と阪神間モダニズムのきらめきを捉えようとした長大な風俗小説『細雪』において、男たちはなべて生彩なく、幸子・雪子・妙子といった蒔岡家の姉妹たちの引き立て役のように描かれている。しかしながら、そんな優雅な彼女たちですら、いつしかドラマの脇役のように思えてくるのだ。そして、束の間ではあるけれども、夢幻能のシテ方のように小説の表舞台に静々と姿を現すのが、先述の「しみ」と「死んだ赤子」なのである。後者については、悪女っぽい妙子に翻弄されて人生を誤った男たちの恨みが取り憑いているかのような気がして寒気がしてきた——そんなふうに姉の幸子は述懐するのだが、妙子とは対称的にしとやかな雪子にしても、将来のあるエリート候補にして、しかし、どことなく野暮ったい男たちを次々と斥けてきたのであった。

谷崎潤一郎は『細雪』を構想する前に『源氏物語』の現代語訳、いわゆる「谷崎源氏」を手がけている。そのせいか、『細雪』には源氏の残り香が漂うとされてきたが、紫式部をはじめとする王朝時代の女流文学者たちが、国司の父に随《したが》って地方で暮らした経験を幼少時代にもつケースが多いという事実は、王朝文学の奥行の深さと無縁ではないと考えられる。

宮廷文化が爛熟していく平安の世、『源氏物語』が象徴するような、ひと握りの人々の栄華の周囲には、「正史」には記されえぬ、地方の広大な闇が広がっていたはずである。天皇家やそれをとりまく人々がこの国を支配下におさめるまでには、少なからぬ血が流されたことであろうし、そんな歴史の闇に由来する、先住民や被征服者に対する「後ろめたさ」の記憶が、大宮人たちの心の深層に潜んで、闇への異常なまでの怖れにつながったのではあるまいか。夜の都を徘徊する百鬼の気配、障子に映る物の怪の姿に、王朝人たちは、非業のうちに死んでいった歴史の犠牲者たちの魂を垣間見て、おののいていたのではないだろうか。

この、背後から歴史の暗部に見張られているという御霊信仰の呪縛こそが、皇都に「陰翳」を与え「幽玄」なる美学をうみださしめたのであろう。京都盆地という小宇宙で凝縮された陰翳のフォルムは、やがて淀川を下って、元来は開放的な地形の大坂に歴史の錘《おもり》を沈めることにより、町人文化に重厚さを付与していく。谷崎が惹かれた地唄の世界や、義太夫節の重々しい語りには、都市民を消費の娯しみだけに耽らせせまいとする、内陸部の執拗な引力のごときものがある。それは、大和や河内や和泉からやってくる多くの奉公人を抱えこんだ町人の都の宿命でもあった。

古代から何度か首都や副都が置かれながらも文化の中心地となりきれなかった大阪は、こうした文化装置をそなえることで、ようやくにして「都らしさ」をそなえていく。

そんな「内なる闇」を抱えこんだ町人文化を、因襲の都心から引き離し、モダンな郊外消費文化に解放させた『細雪』の世界に、王朝以来の闇の桎梏など縁なさそうに映るけれども、モダン都市のなかにも歴史の陰翳をしのばせようと、「黒いしみ」や「死産した赤子」

といった絶妙の仕掛けを谷崎は施しておいたのであった。

妙子に山村流の地唄舞を教えて急死する老師匠の「らく」、没落してゆく蒔岡家の老いた奉公人たち――。『細雪』の真の主役は、こうした周縁にいる点景としての群像であり、さらには、「物語」の源泉をかたちづくってきた歴史の闇の力でもあった。

神仙境の滝つ瀬に源を発した生水のきらめきが、大和の山野をめぐり、河内の野を潤して湿潤な大阪の市井へと流れこむ――そんな水流をさかのぼるようにして小説が進行する谷崎潤一郎の『吉野葛』（1930）は、大阪という都会がまだ大和秋津島の人々から敬意を払われていた昔をほのぼのとしのばせてくれる。

島之内の「ぼんち」（坊ちゃん）として育てられた主人公は、幼い頃に死に別れた母の故郷、吉野の奥深い山里を探し訪ねてゆく。そこに到るまでの道程は、古代の伝説や源平・南北朝の悲話、歌舞伎の名場面に出てくる所々のエピソードなどが、峻険な山河のなかに歴史の襞のごとく折れ重なっている道程でもあった――。

谷崎好みの「母恋ひ」の物語である、この紀行ともフィクションとも随筆ともつかぬ小説の全篇に流れるのは、下流の平野部にひろがる豊饒な都市文化を培養してきた、厳しい内陸の風土に寄せる慈しみの心であろう。

そんな上方文化の末裔を自負する姉妹たちによって体現されていた古き良き世界も、否応なく西洋化・アメリカ化・大衆化の波に呑みこまれてゆく。倚松庵を一歩出れば、すぐ傍の高架を無人運転の六甲ライナーが無機質な音を立てて頭上を滑っていき、白砂青松の海は埋め立てられて遠くなり海水浴などできなくなってしまった。こうした故郷の変容を村上春樹が悲しんでいることは、『カンガルー日和』などから察することができる。谷崎家とつきあいのあったドイツ人家庭の少女、ヒルダ・レオンハルト（1920〜?）は、阪神大震災後に御影の地を訪れて、六甲南麓のあまりの変容に驚いていたものである。

それでも、住吉川の下流では菊正宗や櫻正宗などの造り酒屋が江戸時代からの面影を、上流では白鶴美術館の優姿が昭和初期の輝きを伝えてくれている。

東日本大震災のあと、過剰ともいえる灯りに照らされた生き方を見直す『陰翳礼讃』が読み直されていると聞くが、『文章読本』と並んで谷崎の文明批評家としての優れた資質を示す一冊だ。

27年に及ぶ関西在住時代、19回も転居を繰り返し、阪神間の六甲南麓だけでも13回引っ越しをつづけたという谷崎潤一郎が、阪神間でもっとも長く住み、最後は家主からの要請によりしぶしぶ立ち退いたのが倚松庵であった。明け渡しの延期を申し入れる詫び状も発見されており、戦時下ながらも精神的に充足していた日々への執着ぶりがうかがえる。やむなく立ち退いたのは、『細雪』の執筆を始めてまもない昭和18（1943）年のことであった。

作中に活写された昭和13年7月の阪神大水害や、昭和20年6月の阪神大空襲にもよく耐えたというのに、昭和61（1986）年、六甲アイランドを造成した神戸市が人工島へ到る六甲ライナーを住吉川畔に通そうとして倚松庵がルートにぶつかり、大きな騒動となった。結局、北隣へ移築させることで結着したが、その折に鉄骨を入れたことで阪神大震災の際に倒壊を免れるという皮肉な結果となった。

近代日本を代表する小説と国内外で認められた『細雪』（英語表記は「THE Makioka Sisters」）をはじめ、谷崎作品は海外とりわけ欧米での評価が高い。日本なら岩波書店のような立場にあるフランスのガリマール出版社が日本人作家として最初に出した全集は谷崎潤一郎であった。国際交流基金のまとめによると、海外での翻訳が、谷崎作品は夏目漱石や森鷗外よりはるかに多く、とくにラテン系諸語訳が多いのが特徴だが、これらのなかには後述する須賀敦子の訳したものが含まれる。

ところで、「阪神」という地名が文学作品に登場するのは、いつの頃からだろうか。大正9（1920）年に書かれた徳田秋聲（1871〜1943）の短編小説『蒼白い月』の「北方の大阪から神戸兵庫を経て、須磨の海岸あたりまで延長して行つてゐる阪神の市民」という表現が嚆矢のようだ。これは阪神大震災で被災した旧摂津国の西部エリアにほぼ該当する（阪神・淡路大震災は厳密には西摂・北淡大震災と呼ぶのがふさわしい）。

50歳の秋聲は、大正9年の5月に関西へやってきた。京都では「干からびたやうな感じのする料理」や「朗らかに柔らかい懈《だる》い薄っぺらな自然」に失望する。奈良は「總《すべ》てが見せもの式」とこきおろす。

近代大阪の繁栄には目を見張ったが、ここにも精神の衰退をみてとった。

街路は整頓され、洋風の建築は起され、郊外は四方に發展して、到るところの山裾と海邊に、瀟洒《せうしや》な別荘や住居が新緑の木立の中に見出された。私はまた洗練された、しかし何《ど》れも此《こ》れも單純な味しかもたない料理を屢々食べた。豪華な昔しの面影を止《とど》めた古いこの土地の傳統的な聲曲をも聞いた。一寸見《ちょっとみ》には美しい女たちの服装などにも目をつけた。

幼い頃に秋聲を育ててくれた兄の養子がいる芦屋へ泊まりにきたのであったが、郊外都市の描写は当時の芦屋そのものといってよい。

与謝野晶子が賞でた松林の屋敷街を見ても秋聲は心動かされない。王朝の昔から景勝を謳われた須磨の松原や舞子の浜へやってきても、すべてが頽廃の色を帯びていると感じる。

その残酷な観察には、裕福で、美男の夫を愛しながらも、どこかけだるい日常を生きる実在の姪への冷めた視線が重なる。

徳田秋聲

……すべてがだらけ切つてゐるやうに見えた。私はこれらの自然から産出される人間や文化にさへ、疑いを抱かずにはゐられないやうな気がした。温室に咲いた花のやうな美しさと脆さとをもつてゐるのは彼等ではないかと思はれた。

老成した花崗岩でできた六甲の山々に若々しさはない。今は美しい緑もイギリス人の植

今はなき芦屋川沿いの洋館

林によるもので、舞子や須磨の浜に象徴される六甲南麓の白砂青松も箱庭的といってよい。関東ローム層に比べて格段に白い土の色も、実は土が老成しているゆえんだ。綺麗に粧ってはいても「つくりもの」の印象を受けたのであろうか。

パトスを喪失した関西文明の実相を秋聲は見抜いてしまった。

こうなると名所もあったものではない。

波に打ち上げられた海月魚《くらげ》が、硝子が溶けたやうに砂のうへに死んでゐた。その下等動物を、私は初めて見た。その中には二三疋の小魚を食つてゐるのもあつた。

文章もそっけなく、サービス精神などさらさらない。ストーリー性も抒情味もない。事実を淡々と記述していくだけ。それでも作品の密度が高く、「日本の小説は源氏にはじまって西鶴に飛び、西鶴から秋聲に飛ぶ」と川端康成にいわしめた秋聲の辛口の、関西探訪記は「白い此の海岸の町を、私は恐らく再び見舞ふこともないであろう」と締めくくる。

はんなりとして明るい風光の芦屋を「蒼白い月」で表象したところに秋聲の本領を垣間見るが、「月」(ルナ)は、谷崎潤一郎や村上春樹の文学上のモチーフに関わる重要な素材となった。芦屋市の市民ホールは「ルナホール」と命名され、谷崎の誕生日7月25日は「残月祭」と名づけられて文芸関連の催しが同ホールで催されている。「残月」は谷崎が好んだ地唄の曲名にちなむ。

「阪神間」の成立　近代の楽園

ここで、阪神間文学の土壌となった、この日本を代表する住宅地の形成過程をみておきたい。

西宮市・芦屋市・宝塚市・伊丹市など大阪と神戸の間に位置する地域の日刊紙ローカル面は各紙とも「阪神版」となっているが、関西ではおおむね阪神間《はんしんかん》という通称でこの地域を呼び慣わしてきた。大正時代に使われ始め、昭和初期に定着した、阪神間という呼称を谷崎潤一郎も日常的に用いているが、大正期前半ごろまでは「摂津」という旧国名が一般的であった。

もともと畿内でも繁華だった摂津国に属し、古くから都市形成が行われてきた阪神間において、大規模な都市開発が進み、関西を代表する一大住宅地となったのは、鉄道の普及に負うところが大きかった。

明治7（1874）年、大阪・神戸間に旧国鉄（現JR。『細雪』で「省線」とあるのは「鉄道省」

に由来する呼称）が敷かれると、大阪の資産家や文化人が別荘や私邸を六甲南麓に構えるようになっていく。さらに明治末期から大正期にかけて阪神や阪急など私鉄が開通すると、ホワイトカラー層や神戸在住の西洋人たちも自宅を構えるようになっていったが、理想の住宅地という地域イメージの原型を形成したのは、明治末期から大正にかけての有産階級の大量移住であった。

住吉川右岸では、明治30年代（1897～1906）から、大阪の実業家、阿部元太郎が、六甲山系の良質の水を利用した上水道などのインフラを整備して宅地開発を始めた。住友家が本宅を大阪・天王寺から移転したのをはじめ、朝日新聞創業者・村山家などがこの地に移り住み、一大高級住宅地が形成されていった。地域住民の交流の場としては欧米の倶楽部をモデルとした観音林倶楽部が設立され、平生釟三郎《はちさぶろう》のようなのちに文部大臣を務めた勅撰議員も参加した。平生は住民子弟の教育のための甲南学園（甲南幼稚園・小学校・高等学校）や、住民たちが先端の医療を受けられる甲南病院を創設している。のちに谷崎潤一郎の居住した倚松庵は、この地域の東の一隅にあった。

住吉川の左岸には、明治37（1904）年、政界のフィクサーともいわれた実業家の久原房之助が宏壮な邸宅を構え、ドイツの電気通信企業シーメンス（ジーメンス）社の極東支配人ヘルマンが西洋中世の城のごとき大邸宅を構えた。

大谷探検隊を組織した浄土真宗本願寺派第22世宗主・大谷光瑞は、アラビアンナイトの世界もかくあらんと思わせる「二楽荘」を、住吉川左岸の高台に建設し（明治41年着工、現・神戸市東灘区本山町岡本、「二楽」とは「海と山の楽しみ」の意）、山麓にはケーブルカーを走らせた。

二楽荘は、東京の築地本願寺や阪急梅田駅のコンコースを手がけた建築家・伊藤忠太の設計になる、洋風とインド風の混合するエキゾチックな建物で、アラビア室にはアラビア人の召使いを、インド室にはインド人の召使いを配するという具合に、贅をつくした仏教の殿堂となった。大谷探検家が中央アジアから持ち帰った発掘品を展示するため、大正元年（1912）11月、二楽荘は一般公開されて、2日間に3万人を超す人々が訪れ、人々はその異様な建物に圧倒された。元神戸大学教授の足立裕司氏（建築史）は、「当時、日本の建築界は、シルクロードを通して、アジアはヨーロッパとつながっており、一国が一様式ではないという考えを持ち始めていた。地域と歴史を組み合わせることで、多様な建築様式が生まれた。それは国際的な視野をもった光瑞と伊東に共通する世界観だったろう」と解釈している。

大谷光瑞が建設した「二楽荘」（京都工芸繊維大学附属図書館蔵）

なかでも光瑞が力を入れたのが、門徒の師弟をはじめ秀才を集めて英才教育をほどこす、全寮制の武庫中学であった。これは国の認可を得た学校ではなく、将来的に光瑞を支える人材の育成が目的であり、光瑞みずから教壇に立った、その教育現場を視察した徳富蘇峰は「六甲山腹の理想郷」と絶賛している。

しかしながら、膨大な出費に本願寺側が耐えられず、大正期には閉鎖に追い込まれ、昭和7（1932）年10月18日に不審火で消失している。翌日の朝日新聞は、「豪華の二楽荘　今暁・怪火で全焼」と見出しを掲げて大々的に報じた。同阪神版は「二楽荘怪火事件」として、放火の疑いが濃いと伝えている。

阪神間における住宅地開発は、このように個人レベルで蚕食的に始まり、しだいに組織的・計画的に行われるようになっていく。

大正5（1916）年から分譲が始まった雲雀丘（宝塚市）は、全国初の高級住宅地として計画的に開発された。阪急「雲雀丘花屋敷」駅前にはロータリーが設けられ、シュロ並木のある大通りが敷かれて、のちの東京・田園調布開発のモデルとなった。中世以来の宝塚・山本地区の地場産業である植木・造園技術と大正モダンの洋式住宅とが結合して、瀟洒で華やかな景観が形成された。ここに住んだ初代電源開発総裁・高碕達之助は、宝塚・武田尾に桜の演習林を営んだ「桜博士」笹部新太郎に依頼して、ダムに沈む老名木を移植させている。サントリー創業者の鳥井家も居宅を構え、同家が中心となり「雲雀丘学園」が創設された。

昭和に入ると、大阪の財界が中心になって「東洋一の別荘地を」との目標を掲げ、芦屋の海抜200メートルほどの六甲山麓の国有林に「六麓荘」を開発した。香港の九龍半島とその対岸の香港島の白人居住区タイガーヒルを参考にして、道路幅を6メートル以上とり、電気・ガス・水道・電話線は地下に埋敷するなど、当時の日本としては画期的な試みばかりであった。六麓荘は、のちに評論家の大宅壮一をして「日本の特等席」と呼ばしめた高級住宅街として今に到り、昭和末期には資産家令嬢の誘拐事件で全国的な話題を呼んだことがあった。

芦屋や西宮や東神戸の市街地はもとより、大阪平野、大阪湾、紀伊半島を一望できる、この六麓荘の地に、堀抜製帽社長・堀抜義太郎が「東洋一のホテルを」との発想をもとにして建設した「芦屋国際ホテル」は、昭和14（1939）年に開業した。宿泊客の多くは西洋人や阪神の財界人であった。第二次大戦の勃発によりホテル営業は停止されて、松下電器産業に権利は移り、松下電工の研究施設として使用されていたが、敗戦後はGHQが占用。その後、芦屋女学校の手に渡って現在は芦屋大学となっている。阪神大震災の直後、このキャンパスで村上春樹が自作『めくらやなぎと眠る女』を朗読して話題を呼んだ。

大正12（1923）年の関東大震災当日にお披露目を迎えた東京・帝国ホテルは、奇跡的に被害を免れて被災民救援の場となったが、それから7年後、「もうひとつの帝国ホテル」が阪神間に出現する。

帝国ホテルの設計者にして20世紀を代表する建築家となった、フランク・ロイド・ライト（1867～1959）の右腕として活躍した、遠藤新《あらた》（1889～1951）の設計になる「甲子園ホテル」である。帝国ホテルの支配人を務めた林愛作《あいさく》が、みずからの理想のホテル実現の舞台を阪神間に求めたのであった。

旧甲子園ホテル（現・武庫川女子大学甲子園会館、西宮市戸崎町）

「場所は阪神をつなぐ新国道に添うて稍《やや》大阪に近く位置し、砂白く松緑なる武庫川岸、舟を浮べるによろしき搪池《とうち》を庭にして遥かに海と山とを併せたる風光」。遠藤新は「甲子園ホテルについて」（『婦人之友』昭和5年6月）と題した一文で、立地をこう書き留めている。

建物を遠望すると、松林の中に埋もれるように、水平線の強調された低層の建物の屋根から2本の塔が立ち上がる。かつて阪神国道（国道2号線）を走っていた路面電車（阪神国道電車）が、クラシックな武庫大橋に差しかかり、遠景の旧甲子園ホテルと重なり合うとき、阪神間モダニズムの地層の厚さを感じとれたと、甲子園で少年時代を過ごした建築史家の松葉一清は懐かしく回顧している。

玄関を入ると、床の線が水平に走り、柱など垂直線が交差する。頭上には、格子パターンの造形が息づき、そこに直線と曲面の造形が加わる。

全体に素焼きのタイルが貼られ、廊下やロビーには石柱やガラス細工が用いられた。屋根には淡路島の瓦を用い、細部には竜山石の装飾が配され、随所に「打出の小槌」のデザインが採り入れられた（阪神沿線に古伝説ゆかりの打出小槌町という町名が今も残る）。林愛作の意向で日本間と洋間を組み合わせた独特の間取りの客室も設けられたが、目線に配慮して日本間は床より高く造られて、以後のモデルとなった。

昭和5（1930）年に開業した甲子園ホテルでは、若き日の原節子が主演する『新しき土』など映画のロケも行われている。戦中は海軍病院に転用され、米軍による接収などの曲折を経て払い下げられたのち、武庫川学院が入手。補修を重ね、今は武庫川女子大学建築学科の学舎として使われている。

ライトは、この愛弟子の作品に心から満足したというが、ライト本人が設計した建物といえば、芦屋川左岸に現存し、ライトアップされている旧山邑邸（現・ヨドコウ迎賓館、大正9年）がある。壁面には幾何学模様に刻んだ大谷石を使い、ドアや窓には外の木々と調和を図

旧山邑邸（現・ヨドコウ迎賓館、芦屋市山手町）

るように、緑色の葉っぱの形の銅板があしらわれた。先述の櫻正宗の当主、山邑家の別荘として建てられ、大正建築として初めて国の重要文化財に指定された建物である。

こうして、明治末期から昭和初期にかけて、住吉・御影・岡本・芦屋・夙川・雲雀丘・甲子園・苦楽園・甲陽園などに、純日本風の数奇屋建築、近代和風邸宅、スパニッシュ・コロニアルなど各種スタイルの洋風建築、和洋折衷などのハイブリッドな邸宅が続々と建てられていった。ライトや、ウィリアム・メレル・ヴォーリズ（1880〜1964）、芦屋の滴翠美術館を設計した安井武雄（1884〜1955）、宝塚ホテルの設計者・古塚正治（1892〜1976）など、気鋭の建築家たちによる個性的な建築群が、日本人の職人たちの手により競うように建てられていった。

戦後の阪神間で活躍した建築家としては、村野藤吾（1891〜1984）の名をあげておきたい。戦前の旧大庄村役場（現・尼崎市立大庄公民館）に始まり、宝塚市庁舎や宝塚教会、西宮トラピスチヌ修道院など、機能性一辺倒の時流に抗い、壁面が人間に及ぼす影響を重視した多くの名建築を各地に残して、「昭和を代表する建築家」となった。

明治末期から始まった〈ブルジョアの世紀〉は短期間で終わりを告げ、昭和初期には〈大衆化の時代〉へと入っていく。阪神間でそれを推進したのは、沿線人口の増加を最重要課題とした電鉄会社であった。

阪神電鉄の宅地開発は、明治42（1909）年の鳴尾（現・西宮市）に始まり、ホテルやリゾート施設との多角的な活用を特長とした。甲子園の住宅地がその代表格で、俳優の森繁久彌や作家の佐藤愛子がこの地で育っている。

大正13（1924）年、武庫川の改修計画に合わせ、支流の枝川と申川の三角州に、東洋一の球場、甲子園球場が建設された。その年の干支が甲子《きのえね》だったことが甲子園という名の由来である。ここを本拠に大阪野球倶楽部タイガース（1935、現・阪神タイガース）がうまれ、阪急電鉄も阪急ブレーブス（1936、現・オリックス・バッファローズ）や西宮球場（1937、現・阪急西宮ガーデンズ）を立ち上げた。

阪神と阪急の両沿線には、明治末期から大正期にかけて、集客のための温泉や旅館・ホテル、遊園地などをそなえた娯楽施設として、先述の香櫨園を皮切りに苦楽園・甲陽園・宝塚などが開園されていった。これらは施設の多くが閉じられた後も住宅街の名として残り、良好なイメージを保ち今に到っている。阪急が建設した宝塚ホテル（移築・建て替えが発表され、議論を呼んでいる）や阪神が建設した甲子園ホテルは日本のアーバンリゾートホテルの先駆けとなり、逆瀬川（宝塚市）には東洋一を誇るダンスホールが登場。日本で最初にトロリーバスが走ったのも宝塚から川西にかけての路線であった。

「荘」や「園」が地名に多く付けられた阪神間の住宅地は、高度成長期以降、全国に林立する「丘」や「台」とは一線を画する高級感を維持しているが、こうした付加価値の高い住宅地を販売する対象となった顧客は、京阪神に急増するサラリーマン層であった。

阪神間モダニズムの前期（明治30年代〜大正10年頃）はブルジョアの移住が主であったのに

対し、モダニズム後期（大正末期～昭和初期）にはホワイトカラー層が続々と移住してきて、職住分離による都市住民の新しいライフスタイルを形成していった。

そもそも、サラリーマン層の郊外への大量移住は、日清・日露の両戦争間の、紡績業をはじめとする急速な工業化により「東洋のマンチェスター」「煙の都」と化した大阪市内の住環境悪化が大きな要因であった。

阪神電鉄は明治40（1907）年に刊行した『市外居住のすすめ』で、郊外居住は自然にあふれ、空気・水は極めて良好、健康な生活ができることを強調している。

当時、郊外居住を誘ったキーワードは「健康」であり、沿線の郊外住宅地の健康な居住を推奨する宣伝を盛んに行った。大正3（1914）年には郊外生活の魅力を紹介する月刊誌『郊外生活』が発行されて、阪急電鉄も同様の目的で大正2年7月に月刊誌『山容水態』を発行した。

大阪医学校校長だった佐多愛彦は『市外居住のすすめ』という小冊子に、健康生活のために郊外の居住を推奨する論文を寄せた。「田園生活は健康の最良法なり」「阪神附近の健康地」といったタイトルが並び、「『市外居住のすすめ』を発行せらるるのは、会社の利益を計るという点もあらんが、一方都市人の健康を増進することが大眼目であると思う」といった記述が目を惹く。

雑誌『郊外生活』の中心テーマは園芸の普及であり、郊外居住がいかに健康的であるかの記事に多くのページを割いている。

箕面有馬電気軌道（阪急電鉄）は、宝塚線沿いの池田室町や箕面線沿いの桜ヶ丘から100坪単位での武家屋敷を思わせる和風住宅を主に、わが国初となる住宅ローンを導入して分譲販売を始めた。明治42（1909）年秋には『如何なる土地を選ぶべきか、如何なる家屋に住むべきか』と題するパンフレットを出し、健康的な郊外居住を強調し、「美しき水の都は昔の夢と消えて、空暗き煙の都に住む不幸なる我が大阪市民諸君よ！……」「出産率10人に対し死亡率11人強にあたる大阪市民の衛生状態に注意する諸君は……」と郊外居住を誘っている。

『山容水態』は、誌名が示すとおり、主要沿線地である箕面宝塚方面の山や清流の名勝、温泉の案内を意図したものであった。

これら電鉄系のみならず、芦屋・六麓荘の販売パンフレットにも「土地高燥、空気清澄、医界に於いては東洋一の健康地と推奨せられている地域があります」と謳われている。

「上」のモデルがあれば、「中の上」がそれを追いかけ、広汎な大衆が追随していく。裕福な屋敷街が登場する井上靖の初期の小説『明日来る人』や『猟銃』などは映画化もされて、ハイソな郊外への憧憬の気持ちを高めることに寄与した。のちに登場する山崎豊子の『白い巨塔』『華麗なる一族』『女の勲章』なども、主人公の居住する街々として、阪神間の街々が小説の設定に使われている。

大阪市内でも帝塚山などに高級住宅街が形成され、京都でも一部がそうなったが、阪神間地域においては、西は御影あたりから東は雲雀丘花屋敷、さらには池田・箕面あたりまで広がる、宏大な高級住宅街が展開されたのである。

こうして、多くの知的中間層が、有産階級によって高級感漂うエリアが形成されていた住宅街で暮らし始めることにより、生活様式の近代化は広く進展していった。

阪神間における主なイベント（明治期〜昭和初期）

西暦	元号	施設の開設・閉鎖	イベント
1905	明治38	打出浜海水浴場開設	
1906	明治39	鳴尾百花園開園	
1907	明治40	香櫨園開園、打出浜海水浴場閉鎖、関西競馬場（のちの阪神競馬場）開設	
1910	明治43		関西初の日米野球大会開催（香櫨園）
1911	明治44	宝塚新温泉営業開始	
1913	大正2	香櫨園廃止	第1回関西学生連合野球大会（豊中）
1914	大正3	鳴尾総合運動場整備	宝塚少女歌劇第1回公演、婚礼博覧会（宝塚新温泉）、全国花火大競技会（宝塚にて・大阪新報社の主催）
1915	大正4		家庭博覧会
1916	大正5		芝居博覧会（宝塚新温泉）
1917	大正6		全国中等学校野球選手権大会開催
1924	大正13	甲子園球場開設、宝塚大劇場竣工、鳴尾総合運動場閉鎖	
1925	大正14	甲子園浜海水浴場開設	

1926	昭和1	甲子園ローンテニスクラブ発足 宝塚ホテル開業	
1928	昭和3	宝塚植物園開設	「御大典記念国産振興阪神大博覧会」開催（浜甲子園）
1929	昭和4	甲子園娯楽場（阪神パーク）開設 六甲山ホテル開業	
1930	昭和5	甲子園ホテル竣工	
1931	昭和6		「浜甲子園健康住宅博覧会」開催→跡地を住宅地として開発・分譲
1932	昭和7	甲子園室内プール・室内運動場開設、 甲子園室内水泳クラブ結成	
1935	昭和10	甲子園阪神水族館開設 （株）大阪野球倶楽部結成（現阪神タイガース）	逓信文化博覧会（宝塚新温泉）
1936	昭和11		日本婚礼進化博覧会（阪急電鉄） 「輝く日本博覧会」開催（浜甲子園・阪神電鉄と毎日新聞社の主催）
1937	昭和12	甲子園国際水上競技場開設 西宮球場開場	大毎フェアランド開設（西宮球場・大阪毎日新聞社）
1940	昭和15	甲子園南運動場に自転車競技専用走路が竣工	

監修　河内厚郎
協力　武庫川女子大学文学部日本文学科（現・日本語日本文学科）、槌賀七代（大阪女学院短期大学講師・現・大阪女学院大学特任講師）、兵庫県阪神県民局
発行　阪神文化振興団体連絡協議会

幻の「摂津京」

首都圏では、樹木も多く住環境に適した江戸期の武家屋敷などが旧東京市内にあったせいで、郊外の住宅地形成は遅れ、先行する阪神間の住宅地がモデルとされた。たとえば東急の沿線開発は阪急のそれをモデルとしており、雲雀丘（宝塚市）をモデルに田園調布（東京都大田区）がつくられている。阪急電鉄の創始者である小林一三が東急の社長を兼務したこともあったほどである。

ここで、想像をふくらませてみたい。

阪急電鉄の路線図に着目してみると、宝塚線・神戸線・今津線によって囲まれた平野部が目に入る（これを阪急平野と呼ぶ人もいる）。大阪府下の池田・豊中・箕面、兵庫県下の伊丹・宝塚・尼崎・西宮・川西にまたがる地域で、旧摂津国のほぼ中心部に当たる。その中央、伊丹市の西部から宝塚と尼崎の両市域にかけて広がる平野部は、昆陽野《こやの》と呼ばれた奈良時代から条理制が敷かれ、狭山池（大阪狭山市、616年築造）に次いで2番目に古い溜池「昆陽池」が行基上人によって築造された。

治承4（1180）年、平家一門が安徳幼帝を奉じて摂津国の福原（現・神戸市兵庫区）に遷都した際、この昆陽野を都に推す声が公家から出された。もし昆陽野遷都が実現していたなら、現在の阪急沿線に壮大な「摂津京」が誕生していたことになる。そうなれば歴史も相当違ったものになっていたかもしれない。

帝都を意味する「京」という漢字を分解してみると、「亠」は北方の山、「小」は南方へ川の流れるさまを表し、中心部の「口」は御所、またそれを核に広がる市街地となる。平安遷都の折の「此国山河襟帯、自然に城を作す」と詔にあるとおり、平安京の置かれた京都盆地がそれに当たるが、昆陽野を中心に据えた地形もほぼ「京」に近いことが、伊丹市役所の屋上から四界を眺めると実感できよう。長尾山系の山々が屏風のように北にそびえ、その両脇から流れ落ちてくる武庫川と猪名川が南進して大阪湾へと注ぎ、西は六甲山系、東は千里丘陵にはさまれて、ほぼ三方を高地に囲まれているのだ。

もしかしたら小林一三は「幻の摂津京」を想定して新しい町を次々とつくっていったのではあるまいか――そんな心弾む空想が浮かんでくる。偶然の符合かどうか、小林は死の4年前、神戸新聞紙上で宝塚市長と対談した折、「武庫川渓谷を保津川のようにしたい」と発言しているのである。

そんな見立てでいくと、この平野の中央部を貫通し、現在はピッコロシアターやアルカイックホール、柿衞文庫などの文化施設が並ぶ幹線道路は、朱雀大路となるべき道であったことになる。さしずめ、塚口あたりは中京、豊中あたりは洛東、能勢電車の沿線は洛北となろうか。西宮北口は西京極となり、どちらも阪急ブレーブス（現・オリックス・バッファローズ）のスタジアムがあったのも偶然と思えぬ気がしてくる。能勢から妙見にかけては京都なら町の東北部を守護する比叡山に当たるわけで、洛東の山麓に京都大学があるように大阪大学は幻の摂津京の洛東、豊中の丘陵部に移ってきた。立命館など私立大学が洛西寄りに点在するのと呼応するように、小林一三は摂津京の西部に当たる甲東園に関西学院や神戸女学院を誘致して、キリスト教伝道家にして優れた建築家であったウィリアム・メリル・ヴォーリズの設計による美しいキャンパス街を六甲山系の山々を背に造成していく。

都市空間としての「阪神間」研究の創始者である水谷頴介（1935〜1993）は、しばしば京都と阪神間の共通性を指摘していた。都市空間の多元性や人的資源の豊かさなどにおいて共通しているというのだ。ひんぱんに京都を小説に登場させる水上勉も、伊丹在住の宮本輝との対談の中で「芦屋や西宮には、京都のような、何ともいえない色や光がありますね。松林の中にポツンとあるような、何ともいえぬ色や光……」と語っている。

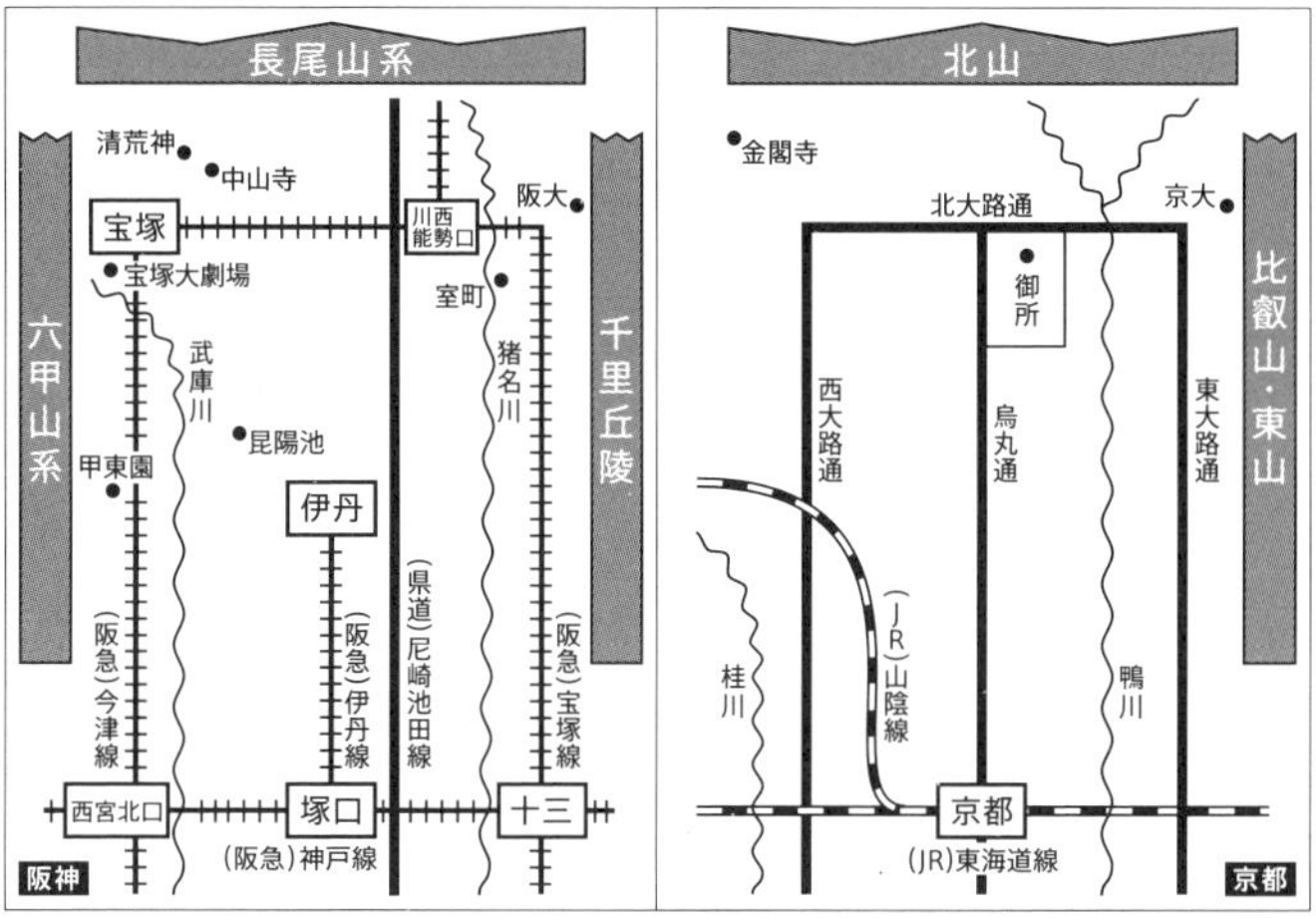

イラストマップ：半田優子

そんな〝摂津京〟の町々のなかでも、とりわけ小林一三が愛したのは、京都なら「北山」の位置に当たる宝塚であったろう。上方町人の信仰篤い清荒神や中山寺といった神社仏閣に恵まれ、また伝統園芸のメッカでもある宝塚は「摂津の北山」と呼ぶにふさわしい。京の北山文化は、室町に幕府を構えて自邸を「花の御所」と呼んだ、足利義満の治世に花ひらいたものである。義満は都の西北に壮麗な金閣寺を造営し、世阿弥を寵愛して能のパトロンとなった。中世に興った能楽は現代なら少年ミュージカルということになろうか。一方、みずから築いたモダニズムの都に室町（池田市）という本拠地をつくり、宝塚の地にパラダイスを築いて、阪急宝塚駅から歌劇場へと到る道を「花のみち」と呼ばせて、少女ミュージカルのパトロンとなった小林一三を「近代の足利将軍」に見立てることもできるのではないか。

小林一三は若い頃、文士を志した。実際に小説も書き、自身が池田市民であったことから「池田畑雄」の名で少女歌劇の台本を書いた時期もある。

しかし、結局は、近代日本にふさわしい町づくりを自己の芸術品としたのであった。

そんな「阪急王国」の形式過程をみずからの青春と重ねて描いたのが、阪田寛夫（1925～2005）の『わが小林一三』である。阪田の娘は宝塚の男役スターとなり、ダンスの名手として鳴らし、早逝した、大浦みずき（1956～2009）である。

大正末期から昭和初期にかけて、財界人のみならず、少なからぬ知識人が、阪神間へやってきた。

苦楽園に住んだ湯川秀樹の『旅人』は、わが国初のノーベル賞受賞者となった湯川が、50歳を超えて、それまで歩んできた道を振り返った回顧録であり、苦楽園在住時代をとりわけ懐かしく記している。それは学者としてもっとも重要な研究を積み重ねていた充実の時期であり、受賞の理由となる中間子理論がひらめいた瞬間のことが詳しく述べられている。

昭和八年の夏から、私ども一家は苦楽園に建った新しい家に住むことになった。この家が、私にとって忘れることのできない、思い出の家となったのである。

苦楽園といっても、今はその名を知っている人は少ないであろう。大正のある時期には一時、阪神間の高台にある別荘地、避暑地として、繁盛したことがあった。私どもが移り住んだころには、もうさびれていた。その代り、昔日の隆盛をしのばせる、廃墟の趣きがあった。

阪急電車の夙川で乗りかえ、支線の苦楽園で降りる。当時のバスで十五分ぐらい――松林とたんぼの中を走ってゆくと、途中から坂道になる。六甲連山の東端に近い丘の中腹に、ちらほらと家が見える。それが苦楽園である。……新しい家は、見晴らしが素晴らしかった。心臓病で身体をあまり動かせない養父は、一日じゅう、南側の窓に近いところにすわって、遠くに見える海をながめていた。夕食後のひとときを、私たちは窓ぎわにならんで、遠くに点々とともって行く、西宮や尼崎の灯、走って行く電車のあかりを、あきずにながめたものである。

日曜などには、私は苦楽園あたりを散歩した。妻は赤ん坊（長男）の世話に忙しく、家にひきこもりがちであった。家の前には桜の並木がつづいていた。家から西南の方へ降りてゆくと、赤松の林の中に池がある。赤いれんがの古風な洋館が見える。苦楽園ホテルである。かつては、……文人墨客が、ここに足をとどめた時代もあったらしい。私がそのあたりをさまよったころには、さびれきっていた。れんがの上に、つたかずらが生い茂って、人がいるかいないかわからないくらいであった。

家から東北の方へ向って坂を上ってゆくと、木立はまばらになり、白い岩はだが露出している。ながめはますます広くなってくる。丘を上りきった所に、大きな池がある。真青な水をたたえて、静まりかえっている。周囲の白い岩山との対照が美しい。

池の向うに、石造の建物が一つぽつんとある。円柱形の洋館である。一見、西洋の古城のような印象を受ける。その影が、池にはっきりとうつっている。私は小学校時代に愛読した、グリムの童話の世界にきたような思いであった。あの円柱形の洋館には、魔女が住んでいる。誘拐された王女が、あの中で眠っている。私はこんなことを空想して見たりした。円柱形の建物に近づいて見ると、入口のとびらもなくなっている。人の住んでいる気配はない。中には、ハイキングの人たちが残していった弁当ガラが、散らばっているだけである。この洋館はホテルにするつもりで建てられたらしい。それが、とうとう完成せずに終ったもののようだ。あたりには人影もない。私は二階に上って、しばらく、このエキゾチックなふんいきを楽しんだ。

五月になると、家のあたりは、満開のつつじで美しかった。十月には赤松の林の中で、松たけがとれたりした。——

苦楽園の散歩は楽しかったが、やはり私の頭の中に、新しい着想を呼び起してはくれなかった。

有名な室戸台風（昭和九年九月二十一日）——が過ぎ去って、急に涼しくなった。秋晴れの日がつづいた。二十九日になって、次男の高秋が産れた。長男はまだ一年六か月である。

秋は、奥のせまい部屋で寝ていた。例によって、寝床の中で物を考えていた。大分、不眠症が昂じていた。いろいろな考えが次から次へと頭に浮ぶ。忘れてしまうといけないので、まくらもとにノートがおいてある。一つのアイディアを思いつくごとに、電灯をつけてノートに書きこむ。こんなことが何日かつづいていた。

十月の初めのある晩、私はふと思いあたった。核力は、非常に短い到達距離しか持っていない。それは、十兆分の一センチ程度である。このことは前からわかっていた。……この到達距離と、核力に付随する新粒子の質量とは、たがいに逆比例するだろうということである。こんなことに、私は今までどうして気がつかなかったのだろう。……それから間もなく、日本数学物理学会の大阪支部の例会で、十一月は東京本部の例会で、新理論を発表した。仁科先生は直ちに、この理論に興味を持ち、私を激励された。十一月の末までには、英文の論文を書き上げて、数学物理学会に送った。こんなに早く論文が出来上がったのは、妻が毎日のように、「早く英語の論文を書いて、世界に発表して下さい」と勧めたからであった。

この時の私の気持は、坂路を上ってきた旅人が、峠の茶屋で重荷をおろして、一休みする気持にたとえることもできよう。この時、私は前途にまだ山があるかどうかを、しばし考えずにいたのである。

谷崎潤一郎も『細雪』や『卍』で描写しているように、阪神間は山の手も海の手も、非常に見晴らしの良いところであり、この「見晴らしの良さ」「風通しの良さ」が独自の空気感や住民気質を醸成する一因となった。

苦楽園の旧湯川邸の傍には、朝日新聞副社長を務めた下村海南の屋敷があり、文人たちの交流するサロンとなっていた。

現在、芦屋の山の手に居を構える指揮者の佐渡裕も、この地の開放的な魅力を折にふれ口にしている。

阪神北郊の宝塚に、歌舞伎の舞台機構と西洋音楽を掛け合わせて新しい国民劇をつくろうとした実業家・小林一三の志を想像してみると興趣つきないが、未生流・小原流といった華道の家元たち、狂言師の善竹弥五郎、片岡我童（のちの12世片岡仁左衛門）・中村梅玉・林又一郎といった歌舞伎俳優たちも阪神間に居宅を構えるようになり、モダンでありながら古典的な佇まいもそなえた、独特な文化的環境が醸成されていく。

そんな住宅街を拠点として、村上華岳・小磯良平・小出楢重・中山岩太……絵画・写真・ファッションなど、さまざまな分野で文人芸術家が輩出していった。作曲家の貴志康一（1909～1937）や大澤壽人（1906～1953）、前衛画家の吉原治良《じろう》（1905～1972）など、近年あらためて脚光を浴びている芸術家も少なくない。

大正10（1921）年から翌年にかけてフランスに旅した画家の小出楢重は、南フランスに似た芦屋の風光が気に入り、大正15年から終のすみかとした。谷崎潤一郎の『蓼喰う虫』（1928～29）の挿絵は小出が描いている。『枯木のある風景』（1930）は、阪神沿線の小出邸付近で描かれた絵であり、のちに楢重をモデルにした宇野浩二の小説のタイトルにもなったが、楢重の本領は裸婦像にあった。

楢重は洋風生活のなかにおいて自己のうちにある日本人としての特質をよく知り、それを無理なく表現することにより独自の画風を確立していった。観念でなくライフスタイルとして「西洋」を消化することで、西洋女性と異なる日本女性の裸体の美しさを発見した、この芦屋時代が制作面でもっとも充実した時代となった。

これらの作品は、具象画でありながら抽象への志向も併せもっており、その系譜に戦後の長谷川三郎（１９０６～１９５７）や、その影響を受けた須田剋太（１９０６～１９９０）が登場してくる。

そして、そんなモダニズム期の芸術を継承しながら反発もするかたちで戦後を駆け抜けた前衛美術グループ「具体美術協会（具体）」が国内外からあらためて脚光を浴びているのだ。「具体」は、１９５４年、製油会社社長で前衛画家だった吉原治良を中心に、関西の若手作家十数人で結成された。初期の展覧会で目立ったパフォーマンスは、「ハプニング」と呼ばれる身体表現がアメリカで始まるよりも早く、白髪一夫の足で描くフットペインティングのように、激しいカラダの動きを使った抽象画はアメリカの「アクション・ペインティング」とほぼ同時期であった。

関西学院の出身である吉原が中心となった「具体美術」の運動は、「ポストモダニズム」のもっとも早い時期の展開であったと考えてよい。吉原は「具体」の機関誌を海外にも送り、東京より先にイタリアやスペインなど欧州の関心を惹いた。近年はアメリカでも注目されて市場価値が高まっている。

「具体」は、1972年、吉原の死で解散されるまで、元永定正や白髪一夫、嶋本昭三など60人弱が所属したが、その先駆的な業績が今あらためて見直されている。

和洋の「間」で

阪神間モダニズムの空気を吸って育った小説家の1人に遠藤周作がいる。その回想記『仁川の村のこと』に描かれた阪急沿線・仁川の昭和初期の情景は、阪神間の近代の「原風景」を鮮やかに捉える。

夕暮れになると法華寺の鐘が鳴る。それを合図のように、むこうの丘・聖心女子学院の白い建物から夕べの祈りの鐘がこれに応ずるのである。少年ながらも、ぼくはこの二つの異なった宗教、東洋の鐘と西洋の鐘の響きの違いを、なにか不思議なもののように思いながら聞いたものだった……ぼくの『黄色い人』という作品はこの仁川の思い出の上に成り立ったものである。

周作少年が育った阪急今津線の沿線は、三大厄神の1つとして関西一円の信仰を集める「門戸厄神」と、ウィリアム・メレル・ヴォーリズの設計した神戸女学院の洋館が隣り合うというように、伝統的な寺社とミッション系の学校が混在しつつ調和し、独特な和洋折衷の景観が形成されていったところであった。

西宮市と宝塚市を南北に結ぶ阪急今津線は、大正10（1921）年に宝塚――西宮北口間が開業し、大正15（1926）年には阪神沿線の今津まで延伸された。北の終点・宝塚はいうまでもなく創立100年を昨年迎えた宝塚歌劇団の本拠地であり、漫画家の手塚治虫が育った街である。南の終点となる今津（西宮市）は、小説家の野間宏や小松左京が育ち、漫画家の水木しげるが昭和20年代後半から30年代前半にかけて住んだ街で、ゲゲゲの鬼太郎は水木の今津在住時代にうまれたキャラクターであった。平成の世となってからは、万葉学者の犬養孝（1907～1998）の今津の自宅が阪神大震災で倒壊している。この沿線の街々を舞台にした有川浩の『阪急電車』が映画化されて話題を呼んだのはまだ記憶に新しい。

この今津線に戦前、阪急「西宮北口」から「小林」まで通学用の専用電車を走らせていたのが、阪急今津線「小林」の山の手にある小林聖心女子学院である。谷崎潤一郎が最初の妻・千代を佐藤春夫に譲渡したスキャンダルにより、千代との間にもうけた娘・鮎子が放校処分を受けている。そんな厳格な女学校の教壇に立つ、熱心なカトリック信者の母に連れられて、遠藤周作少年は教会へ通ったのであった。

カトリック夙川教会（西宮市霞町）

昭和7（1932）年、西宮市の西部を流れる夙川の右岸に、フランス・ゴシック様式の大聖堂がお目見えした。柱のない広大な空間やステンドグラスが目を惹くカトリック夙川教会は、松林の多い日本的な景観に融けこむ塔が街のシンボルとなり、日本初の組鐘（カリヨン）は「夙川の音」として親しまれてきた。3代・4代つづく信者も珍しくない。

祭壇の地下には、国内唯一のバロック音楽専門楽団「日本テレマン協会」の練習場がある。〈教会音楽を教会で〉との発想からうまれた教会音楽コンサートでは、テレマンの「マタイ受難曲」「ヨハネ受難曲」「ルカ受難曲」「マルコ受難曲」などが本邦初演されている。ヘンデル「メサイア」の異なる10のバージョンや、阪神大震災への追悼公演としてのフォーレ「レクイエム」も長年公演されて、聴衆が一体となるクリスマスオラトリオには遠来のバロック音楽ファンが訪れる。

この、いかにも〈山の手〉ふうの教会で周作少年は幼児洗礼を受けた。洗礼に導いたのは母の遠藤郁子である。小林聖心女子学院の音楽教諭だった遠藤郁子は、のちに翻訳家を経て作家となった須賀敦子や、俳人の稲畑汀子らを教えた女性である。

遠藤周作が25歳のときに書いた初の戯曲『サウロ』は同校で初演され、当時3年生だった稲畑汀子も出演している（正岡子規・高浜虚子の時代から連綿と続く『ホトトギス』を発行してきた稲畑汀子はカトリック信者であり、虚子の孫に当たる。芦屋市平田町の稲畑邸に隣接して「高浜虚子記念館」がある）。

そんな遠藤周作の受洗は、しかし、みずからの意思によって選んだ信仰ではなかった。

私はこの洋服をぬごうと幾度も思った。まずそれは何よりも洋服であり、私の体に合う和服ではないように考えられた。私の体とその洋服との間にはどうにもならぬ隙間があり、その隙間がある以上、自分のものとは考えられぬ気がした。

（『合わない洋服』）

遠藤周作の文学者としての生涯を貫くテーマとなった「キリスト教と日本人」については後にふれるとして、長寿をまっとうしてほしかったと多くの人から早逝を惜しまれるのが、須賀敦子（1929～1998）である。

芦屋のブルジョア家庭に育ち小林聖心女子学院に進んだ須賀敦子は、学校嫌いで、本の虫であった。多感な青春期を戦争中に過ごし、18歳でカトリックの洗礼を受けた。東京の聖心女子大を1期生として卒業してから（同期に国連難民高等弁務官となった緒方貞子がいる）家に戻って母と暮らしたが、親の勧める縁談を蹴って大学院に進み、24歳のときフランスに留学して、イタリアのカトリック左派運動を知る。これは第二次大戦中のレジスタンスの流れを汲み、社会に開かれ実践をともなうという「新しい神学」に呼応したものであった。そのカトリック左派の中心的存在だったミラノの「コルシア書店」の知識人グループに加わり、うちの1人のイタリア人と結婚するといった公私にわたる活動のかたわら、井上靖の『猟銃』や谷崎潤一郎の『猫と庄造と二人のをんな』などをイタリア語に翻訳して、阪神間の市民文学が世界に知られるきっかけをつくった。

結婚後6年で夫は病没。その4年後、40代で帰国してからは、貧しい人々を助けるため廃品回収をする「エマウス運動」を東京や大阪で手がけている。帰国して10年経った頃、イタリアでの話を書くように編集者が勧めたが、「まだ生々しすぎて文学にする気になれない」と答えている。

そして、帰国から20年の歳月を経て、ようやく創作活動に入り、『ミラノ霧の風景』で作家デビューしたのが、61歳のときであった。

長い時間が熟成させた、繊細で明晰な文体は多くの識者を魅了し、にわかに名声は高まった。「完成された文体」「他人を描き切ることができる人」「感情と論理の微妙なバランス」等々、多くの賛辞を贈られた須賀敦子の、文学上の最大のテーマは宗教にあったが、「文学って何？」という質問に「人の心を癒すものがあるかどうかでしょ」と簡潔に答えている。真正面から宗教や信仰を描くことのなかった須賀敦子であるが、それでもようやく宗教をテーマに求めた初の長編小説を構想していた矢先、病に倒れたのである。10年に満たない執筆活動で世を去ったのは69歳。あと数年の命があれば、宗教をテーマに骨太な作品を書いていたろうにと惜しまれる。

聖心出身の美智子皇后は、その言動からして阪神間に土地勘のようなものがあると察せられる。というのも、小林聖心から東京の聖心女子大へ進む同級生が少なからずいるからではなかろうか。伊丹の酒造ブルジョアだった岡田利兵衛が聖心の教授だったことが与っているかもしれない。皇太子出産の折には中山寺（宝塚市）の腹帯を求めたり、ファミリア（神戸の子供服メーカー）で注文したりと、阪神間への親愛ぶりがうかがえる。

須賀敦子の作品に阪神間モダニズムが投影されていると指摘したのは、西宮出身の映画評論家、四方田犬彦（１９５３〜）であった。

筆者の造語ということになっている、この「阪神間モダニズム」のピークは、１９２０〜30年代とされている。

当時、阪神間がモダニズムの先端を走っていた例として、本邦初のファッション誌『ファツシヨン』が昭和８（１９３３）年に芦屋で創刊されたことがあげられる。ヨーロッパで18世紀末に誕生したとされるファッション雑誌は、版画や印刷技術の発達と共に普及していった。日本にはアメリカの「ヴォーグ」などが戦前から輸入されていたが、１９３３年12月、阪神沿線の打出で、国内初の月刊ファッション雑誌が産声をあげた。

誌名は「ファツシヨン」。

当時は「モード」や「スタイル」という言葉が使われるのが一般的で、「ファッション」という外来語が日本に定着するのは１９７０年代のことだから、時代を先取りしていたと知れよう。

　表紙には、当時としては珍しかった多色刷りのファッション画が用いられ、出版元は武庫郡精道村（現・芦屋市）の打出にあった「ファッション社」で、柴山勝（ペンネーム燁子）という、神戸で記者・編集者として働いた経歴をもつ、20代後半の女性が編集を手がけている。創刊号の編集後記に「外国のフアツシヨン・ブツクの中から日本人に向くもの等御紹介する考へではございますが又一面日本の昔からの風俗をも研究して今の時代に適用出来るいい物があれば皆様と御一緒にこれを流行らせ度いと思つてゐるのでございます」とあるのは、単なる舶来趣味ではないとの意思表示であろう。

『フアツシヨン』©阪急文化財団池田文庫

　『ファッション』は、阪急文化財団・池田文庫が1号を除きほぼすべてのバックナンバーを所蔵している。誌面を繰ると、美容法のページでは、「首でお年を暴露します」の見出しで肝油などによるマッサージ法や、食事時などに熱湯を飲んで過度な運動をするダイエット法が紹介されている。洋装についての最新情報は、摂津本山駅の近くで洋裁学校（谷崎潤一郎の『細雪』に名を変えて登場する）を開いていた田中千代（1906〜1999）や、芦屋に住んだ画家・大橋了介（1895〜1943）の妻で松坂屋専属デザイナーだったエレナらが執筆した。

同誌は、購読者の交流親睦を図ろうと、「ファッションクラブ」を組織した。中心メンバーは資産家の婦人たちで、毎号名前入り広告を掲載したり、令嬢・令婦人紹介のページに写真入りで登場したりしている。クラブは、会員のネットワーク（社交界）による文化人や芸術家に対するパトロネージュをめざし、昭和12（1937）年3月号には新劇女優の山本安英を後援するための集まりがあったことが紹介されている。広告主は神戸や大阪の写真館や洋裁店、美容院といったところで、阪神間の広告主はほぼ個人広告として自宅住所が掲載されており、女性名の個人広告が多い。

『ファッション』創刊の3年後（昭和11年）に小説家の宇野千代（1897〜1996）が「スタイル」というファッション誌を東京銀座で創刊するが、宇野千代は、大正時代に最先端の高級リゾートホテルとして建てられた西宮市夙川のパインクレストホテルで画家の東郷青児

（1897〜1978）と同棲した時期があり、阪神間モダニズムの洗礼を受けていたのである。『ファッシヨン』に記事を載せていた田中千代は、外相も務めた松井慶四郎（1868〜1946）の娘で、昭和7（1932）年以来、大阪梅田の阪急百貨店勤務を皮切りにファッション・デザイナーとして第一線に立ち続け、戦後は皇室のファッション・デザイナーとなった。母方の祖母のもとで育てられた千代は、欧米生まれの弟や妹が英語やフランス語で話すことに子供心に劣等感を感じたというが、「和」の下地はのちに世界の民族衣裳へ目を見開かせることにつながったとも考えられる。

芦屋の奥池に自宅とミュージアムを構えるコシノヒロコ（1937〜）は、仕事で多忙な母のかわりに祖父が歌舞伎や文楽の見物へ連れ出してくれた少女時代を回想している。当時は大阪の千日前にあった歌舞伎座などで観た色彩やデザインが、後年、世界的なデザイナーとしての仕事につながったのであろう。

阪神間に展開されたモダニズムは、単なる舶来文化ではなく、和洋折衷というだけでもなく、日本の古典文化を新しい意匠でよみがえらせようとの願いが当初から込められていたのである。『細雪』は〈昭和の源氏物語〉、昭和9年竣工の白鶴美術館は〈昭和の正倉院〉と呼ばれた。天津乙女や春日野八千代といったタカラヅカの女優たちの芸名も百人一首からとられている。モダニズム期に西宮市や芦屋市の住宅地につけられた町名も古典文学に由来するものが多かった。

阪神間女性のファッションにふれておくと、娘時代に母と一緒に買いに行くことが多いせいか、母親好みの保守的なスタイルとなりがちで、「プリコン」すなわち「プリティ・コンサバティブ」と呼ばれる。モダンを走りつつ常識的でもあるということになるが、阪神間の芸術家たちは、そんな消費者と違って、もっと自由で先鋭的であった。

当時の芦屋は、新興写真の中山岩太（1895〜1949）らが活躍する前衛の実験場となり、芦屋や西宮には映画撮影所が続々と建てられていった。

阪神間での映画製作の歴史は、帝国キネマが大正12（1923）年4月に芦屋で撮影を開始したことに始まる。同社の本拠地は東大阪にあったが、関東大震災の直前に芦屋で撮影を始め、東京から避難した映画人たちを吸収していった。13年の『篭の鳥』は映画史に残るヒット作となり、「逢いたさ見たさに　怖さを忘れ……」で始まる主題歌は今なお歌いつがれている。先年ロシアで発見された『何が彼女をそうさせたか』（1930）も、のちに名監

甲陽線と甲陽撮影所（提供：西宮市情報公開課）

督となる伊藤大輔や名カメラマン唐沢弘光が活躍した帝国キネマの作品であった。

大正末期から昭和初期にかけて甲陽園（西宮市）にあった東亜キネマについては、八千代生命の遊園地の跡地にあったスタジオを帝国キネマが買収したという説がある。屋根がガラス張りの明るいグラススタジオで、佐藤愛子の父で人気作家だった佐藤紅緑（1874～1949）が脚本部長を務めた。ここで撮られた徳永フランク監督の『黄金の弾丸』という探偵物には、馬とオートバイで警官が犯人を追跡する場面があり、ロケは甲陽園や芦屋の洋館で行われている。ほかにもスコット・ガンベルの翻訳物などもあり、なぜそんなモダンな映画がつくられたかというと、戦前の神戸にアガサ・クリスティなどを翻訳した西田政治や横溝正史らがいたからであった。外国人が帰国する際に売った洋書を古書店で見つけて翻訳する人材がいたのであろう。ほかにも菊池寛の『恩讐の彼方に』を井上金太郎監督が撮ったり、震災で阪神間に居を移していた谷崎潤一郎の『お艶殺し』が撮られるなどしている。

昭和初期には映画雑誌『キネマ旬報』の編集部が東京から香櫨園に移ってきた。女優・岡田茉莉子の父で、大正時代に谷崎潤一郎と親交のあった俳優の岡田時彦（1903～1934）が夙川で亡くなった折には、谷崎が弔辞を読んでいる。その遺児に茉莉子というハイカラな芸名をつけたのは谷崎であった。

昭和13（1938）年には小林一三が宝塚に撮影所をつくり、戦時中に中断されたが、昭和26（1951）年に再開されて多くの作品を世に送った。この宝塚映画製作所は阪神大震災の直前までテレビ番組の制作を続けた。

写真家の中山岩太は、男役スターとして活躍した葦原邦子ら多くの宝塚女優を撮っている。ライトを効果的に用いて陰影をつけた背景、細微な一瞬の表情の捉え方が目を惹くが、当時、中山岩太やハナヤ勘兵衛（1903～1991）らの所属する「芦屋カメラクラブ」

は、フランスのマン・レイをよく消化して、モンタージュやフォトグラムといった技法を東京より早くとり入れていた。ほかにも絵画に描かれた宝塚スターとしては、小倉遊亀「コーちゃんの休日」が越路吹雪を、小磯良平「婦人像」が八千草薫をモデルとしている。

先述の雑誌『フアツシヨン』の会員名簿を見ると、女性の名が圧倒的に多いが、男性も名を連ねており、その職業を見ていくと、実業家、家具店、茶道家などと並んで写真家の名が目に入ることに着眼したのは、木下直之・東京大学文学部教授である。

木下氏によると、1920～30年代は写真が生活の中に浸透していった時代であり、見合い写真のように写真に撮られる体験が生活を方向づけ、家族写真が家族の結束をもたらすことも少なくなかった。先述の名簿では「芸術写真家」に対する「商業写真」という言葉があり、写真館で人々を撮影するという仕事がそれに当たる。明治の終わりから大正にかけての時期、写真を芸術作品として世に出していこうという動きがあったことがわかるという。

具体的な活動団体としては、大阪で写真館を経営する小川月舟と光究倶楽部（1921年創立）、神戸の淵上白陽と日本光画芸術協会（1922年創立）、熊沢麿二と神戸光波会（1921年創立）、中山岩太と芦屋カメラクラブ（1930年創立）などがあげられる。淵上白陽が写真を芸術に高めようとした雑誌『白陽』の奥付には、白陽画集社、住所は兵庫県武庫郡六甲村とある。

大正15（1926）年に大阪の住友本社へ入社して芦屋に住んだ、俳人の山口誓子（1901〜1994）は、ソ連のモンタージュ映画理論の影響を受け、言葉と言葉を衝突させて内面を打ちだすという写生構成の理論を主張した。

感動は一瞬に起こる情であるが、その情をひき起こしたのは、事物と事物との結合である。事物と事物とを結合するには知のはたらきである。情の中に知がはたらいているのである。

（『俳句・その作り方』）

肋膜を患った誓子は昭和15（1940）年に三重県の白子海岸に移るが、28（1953）年の台風で蔵書・資料をことごとく失って阪神間に舞い戻り、見晴らしの良い西宮市苦楽園五番町に居を定めた。戦前、湯川秀樹が住んだあたりである。かつて苦楽園ホテルのあった庭池のところに浮御堂として建つ市民会館で俳句を教えるかたわら、誓子は自身が主宰する「天狼」に『苦楽園日記』を連載した。「天狼」は昭和23年に誓子が西東三鬼（1900〜

1962）とつくった句誌で、天狼とはシリウスの中国名。その鋭く青白い光は、単純な青にとどまることなく、1、2秒の間にも虹の7色を反映するという。

ボヘミアンの西東三鬼は戦時中から終戦後にかけて神戸や播州、大阪などで放浪生活を送り、62歳で没したが、西宮に居を構えた山口誓子や阿波野青畝（1899〜1992）は長命をまっとうし、阪神大震災直前に両人とも亡くなっている。2001年神戸大学に誓子邸を移築した山口誓子記念館が開館した。

〝異種交配〟としてのモダニズム

阪神の地は、古くから醸造業（酒、醤油）や園芸業（接ぎ木）、海産物加工など、発酵や異種交配により付加価値をうみだしてきた土地柄であった。

阪急宝塚線「山本」駅前に〈木接《きつぎ》太夫彰徳碑〉がある。駅周辺を歩くと、閑静な住宅街の中に、多くの植木圃場が目に入る。

豊臣時代、この地に平安中期から居住する坂上《さかうえ》（阪上）氏の子孫で、山本の荘司《しょうじ》を務めた坂上頼泰は、研究を重ね、栽培しやすく丈夫な台木に良質ながら栽培しにくい花木を接ぐという「接ぎ木」の技法を確立した。現代ならノーベル賞級の技術開発であった。花木を好んだ秀吉は頼泰を話し相手とし、「木接太夫」の称号を与えたのである。

園芸業者・造園業者の数が200軒を超える山本地区が鎌倉時代から園芸の中心地となった理由としては、北側にそびえる長尾山系の土が柔らかく、そこから流れ出る天神川の砂が鉢植えに適していたことがあげられる。江戸時代、山本からは全国の牡丹産地に苗木が出荷され、明治中期には7割がアメリカなど海外へ輸出されるようになった。1900年のパリ万博には50種２５０株の牡丹が出展され、「ＹＡＭＡＭＯＴＯ」は国際ブランドとなる。
山本から始まった接ぎ木の技法はしだいに近隣へも広まり、たとえば異なる3色の花を咲かせる「南京桃」は伊丹の特産品となり、〈天津乙女〉という宝塚スターの名を冠せた伊丹産の名品種もうまれた。

歴史を振り返れば、関西は伝統的に、異なるジャンルの素材を掛け合わせたりつぎ足したりする「異種交配」によって新しい付加価値をうみだすのを得意としてきた土地柄であった。18世紀の大坂の興行街で発明された「回り舞台」や「セリ」など歌舞伎劇場の舞台機構を継承し、そこへ西洋の音楽や舞踊を〈接ぎ木〉したのが宝塚歌劇であったという見方もできるだろう。

先述の山口誓子の謂ではないが、事物と事物の結合がフュージョンをうみだし、世界を席巻する大衆芸術をうみだした好例として、手塚治虫があげられる。

木接太夫正徳碑（宝塚市山本東）

手塚治虫は、昭和3（1928）年、大阪府の豊中で生まれ、同8年、同じ阪急沿線の兵庫県川辺郡小浜村（現在の宝塚市御殿山）にある父方の別邸に移り住んだ。昔の家屋はもうないが、立派な構えの屋敷と大きな樹木が今も残る。

幼い頃から青年期に到る人格形成期を過ごした宝塚の街は、のちに世界的な漫画家として大成する手塚治虫の感性に決定的な影響を与えた。

当時の宝塚では『モン・パリ』（1927）や『パリゼット』（1930）が大ヒット、レビューの黄金時代を迎えていた。華やかで幻想的な衣装、日本人離れした中性的な登場人物の顔立ち、スピーディな場面展開、甘くせつない官能の香り……幼い目に焼きついたタカラヅカの舞台は、バタ臭い手塚漫画の原点となった。多感な少年時代、ヅカファンだった母親に連れられて見た歌劇の思い出を「この世の最高の芸術だと驚嘆した。憧れと夢に中毒した錯乱状態に陥ってしまった」と手塚治虫は自伝で綴っている。

とりわけその影響が如実に表れたのは両性具有的イメージであったと、毎日新聞記者の城島徹氏が指摘している。『メトロポリス』では主人公の人造人間を男にも女にも変身できるように描き、『鉄腕アトム』も最初は女の子という設定だったとみずから語っているし、『リボンの騎士』に到っては「歌劇中毒症状が完癒せぬまま少女漫画家として」描いたとまで告

宝塚市立手塚治虫記念館（宝塚市武庫川町）

白する。主人公サファイア姫が男の子として育てられるという設定は、のちの『ベルサイユのばら』（池田理代子）に登場する「男装の麗人」オスカルの原型となった。

手塚少年は宝塚昆虫館や動物園にも足繁く通った。蝶や昆虫が美しい羽をつけて舞い踊ったり擬人化された動物たちがユーモラスに踊るさまを好んで描いたのは歌劇の群舞のシーンを連想させるし、一方、アニミズムへの鋭敏な感覚はのちにアニメ芸術をうみだすことにもつながっていった。「アニメーション」の語源はラテン語の「魂」という意味の「アニマ」、すなわち「動かないものに魂を吹きこむ」ことである。

また、『ブッダ』や『火の鳥』のような東

清荒寺清澄寺（宝塚市米谷）

洋思想に基づく作品には、日本最初の観音霊場である中山寺や、清荒神清澄寺など、由緒ある寺社に恵まれた、宝塚の宗教的な環境が投影されていると考えられる。

終戦まもなく彗星のごとく登場した手塚治虫が、映画的な手法を駆使してストーリー漫画を編み出し、それまで4コマ漫画が主流だった東京の漫画界に衝撃を与えたことは知られても、今も大きな楠が残る手塚家のすぐ傍を日本最古の巡礼路「西国三十三所観音霊場巡礼」、通称「西国巡礼街道」（四国八十八ヶ所巡礼はその形式を模したもの）が通り、手塚少年が早くから仏教をはじめとする東洋思想の世界になじんでいたことは知られていまい。

そんな新旧和洋の多様な環境から滋養を存分に吸収して育った「漫画の神様」が、歴史的事実を踏まえたドラマを描くにあたり、故郷の街々を舞台に選んだ作品が『アドルフに告ぐ』であった。

物語は手塚家にほど近い宝塚の山林から始まる。神戸・北野町に住むドイツ総領事の息子アドルフ、トアロードに住むパン屋の息子でユダヤ人のアドルフ、そして時の独裁者アドルフ・ヒトラーという3人のアドルフを軸に筋は展開する。阪神大震災で大きな被害をこうむった神戸の海岸通りや阪神電車の地下道も出てくる。六甲山や有馬温泉など阪神地域の風景がふんだんに登場し、谷崎潤一郎の『細雪』や遠藤周作の『黄色い人』に登場する阪神大水害や、野坂昭如の『火垂るの墓』に描かれた阪神大空襲も再現された。

この大作で手塚治虫は、自身が育った阪神間地域の、世界のなかにおける位置づけを図ったのである。

阪神間モダニズムの最盛期に育ち、東京の近代とは異なる独特なセンスを磨いた、手塚治虫がこよなく愛したのが〈音楽〉であったことは、アニメ映画における並々ならぬ音楽へのこだわりにも表れている。

藤子不二雄Ⓐは、若い頃に宝塚の手塚邸を訪れた際、立派なピアノが置かれているのに目を見張ったと語っている。戦前、ピアノの普及率がもっとも高かった街とされるのは宝塚であったが、そんな環境が阪神間で成立した背景には「深江文化村」の存在があった。

大正の終わり頃、芦屋川の西側、深江の海岸に、ローンヤードを囲む美しい洋風住宅群が建ち並び、「文化村」と呼ばれていた。アメリカの建築家ヴォーリズの弟子・吉村清太郎と地元の医師・阪口磊《らい》石が設計した住宅街で、ここに別荘を借りて阪神間の子弟に音楽を教えたのが、南ロシア出身の亡命白系ロシア人ピアニスト、アレクサンダー・ルーチンであった。

大正から昭和初期にかけて、ルーチンを中心にロシア革命や第一次大戦の難を逃れた音楽家たちが阪神間に集まり、「在日露西亜音楽家協会」を結成する。昭和5（1930）年、文化村の近所の洋館に本格的な西洋料理を食べさせる「文化ハウス」が開店すると、ルーチンを中心とするスラブ系音楽家たちが集まってきた。ルーチンの異父弟で、関西にレッスン場をもち、多くの音楽家を育てた、ヴァイオリニストのアレクサンダー・モギレフスキー。同じくヴァイオリニストで、後述の貴志康一を教えたミヒャエル・ウェクスラーや、ユダヤ人ピアニストで『細雪』にも名が見えるレオ・シロタ、ヴォーカリストのオルガ・カラスロヴァ、指揮者のヨゼフ・ラスカ（オーストリア出身）やエマニュエル・メッテル（ウクライナ出

深江文化村ローンヤード（神戸市東灘区）©山本徹男

身、夫人のオソフスカヤは宝塚歌劇団舞踊教授）らが集った深江文化村には、西洋音楽を志す若い日本人門下生たちも集まり、東欧スラブ文化の枠にふれる芸術的な国際交流の場がつくられていったのである。

レオ・シロタの娘は、GHQの一員として日本国憲法の草案作成に携わり、男女平等に関する条項を提案、2012年12年30日ニューヨークの自宅において89歳で死去したベアテ・シロタ・ゴードンである。ベアテはオーストリアに生まれ、父が東京音楽学校教授に就任したため1929年に来日。日本で10年を過ごした。大学進学のため渡米したが、戦中も日本に残った両親に会うため、GHQの民間職員に応募。憲法草案では法の下の平等や婚姻における両性の平等につながる内容を起案したほか、GHQと日本側の交渉で通訳も務めた。2000年には参議院の憲法調査会に参考人として出席している。ベアテの長女ニコルによると、対外的に残した最後の言葉は、日本国憲法の平和条項と女性の権利を守ってほしいという趣旨であった。

また、日本初のオーケストラとなった宝塚交響楽団を指揮したのは、オーストリア出身のヨゼフ・ラスカであった。ブルックナーの交響曲の4番「ロマンチック」などを日本で初演したのもラスカが率いた宝塚交響楽団で、このオーケストラはN響の前身となる新交響楽団より古いのである。

こうした西洋人音楽家たちの薫陶を受けて、作曲家・指揮者の貴志康一、大阪フィルの指揮者となり六甲南麓に定住する朝比奈隆、諏訪根自子（ヴァイオリニスト）、神戸女学院音楽部、JOBK（NHK大阪放送局）大阪フィルハーモニック・オーケストラなどが育っていく（ちなみに、この深江文化村は、村上春樹少年が育った海辺の住宅街から歩いていける距離にある）。

指揮者であり作曲家でもあった貴志康一は、甲南中学校からジュネーブ音楽院へと進み、ベルリンで20世紀最高の指揮者フルトベングラーの薫陶を受けた。昭和10年に帰国。日本人として初めて暗譜で第九シンフォニーを指揮して日本音楽界へ華麗なデビューを果たしたが、昭和12（1937）年に盲腸炎をこじらせ、阪大病院で急逝する。

28年という短い生涯の最後の数年間に、交響曲、管弦楽曲、バイオリン協奏曲、バイオリン独奏曲、オペレッタ、歌曲などを残し、日本古来の旋法やリズムをどのように西欧的な手

貴志康一（上下とも、河内厚郎事務所蔵）

法と融合させるかという課題に挑んだ。日本情緒あふれる叙情的なメロディーの美しさと、マイナーからメジャーへと転調する際の「憧れ」の感情が特長である。『日本組曲』『日本スケッチ』、交響曲『仏陀』などはベルリンで初演されレコーディングも行われた。みずから指揮者としてベルリンフィルも振っている。作詞も手がけ、『七つの日本歌曲』等を出版、日本古謡を編曲した「さくらさくら」がそれらの中に収められた。出身校の甲南高校に記念室がある。

大澤壽人を再評価する気運も高まってきた。西洋のモダンな響きと日本的な旋律が融合する大澤の室内音楽を中心にしたCD「大澤壽人作曲作品録音プロジェクト　駆けめぐるボストン・パリ・日本」の企画・制作は、大澤が教壇に立った神戸女学院の「大澤資料プロジェクト」によるもので、２００６年に西宮市内の遺族宅から自筆譜など約3万点の資料が寄贈された。生島美紀子・同大学非常勤講師らが2冊の作品目録を刊行した結果、大澤の作曲・編集数は約１０００にのぼることが判明したのである。

少年時代からルーチンなどロシア人やスペイン人からピアノを習い、関西学院を卒業後に渡米して、ボストン大学とニューイングランド音楽院で作曲を学んだ大澤の才能がすぐに実を結んだ理由を、当時世界初演の曲を多数演奏していたボストン交響楽団の演奏会に通った影響であり、天才だけに吸収も早かったからと生島氏はみる。のちに小澤征爾が音楽監督を務めたボストン響を日本人として初めて指揮したのが大澤寿人であり、自作の交響曲や協奏曲もみずから指揮、ヨーロッパにラジオ放送されて耳目を集めたのち、パリに渡ってエコール・ノルマルに籍を置き、オネゲルやミヨーの前でみずからの指揮で作品発表会も開いて高い評価を得た。パリ時代の『桜に寄す』は、「さくらさくら」をモチーフにした作品で、ソプラノの日本古来の旋律に前衛的なピアノの響きが寄り添うというものである。「パリでも歌手が日本語を歌ったのは、大澤が日本の気概を示したのだと思う」と生島氏は語る。

帰国後は貴志康一と同じく、東京で新交響楽団（NHK交響楽団）、関西では宝塚交響楽団でデビューを果たした。宝塚歌劇やラジオ、映画音楽まで幅広く手がけ、戦後は神戸女学院大学の教授を務めながら映画音楽や宝塚歌劇団のミュージカルなど多くの作品を残したが、時代を先取りしすぎた大澤の作品は技術的にも演奏が難しく、46歳で他界後、再演されることはほとんどなかった。

しかし、2003年2月、東京のオーケストラ・ニッポニカが設立第1回演奏会で「ピアノ協奏曲第三番」（1936）をとりあげ、時代に先んじた大澤の才能に多くの人々が目を見張ったのである。2004年に香港のレコード会社ナクソス・レーベルが発売した作品集

CD「大澤壽人」も記録的なヒットとなった。2006年3月に同オーケストラがいずみホール（大阪市）で演奏した「交響曲第二番」（1934）では、当時の日本には耳を傾けるべき交響曲はなかったとされてきた従来の定説を覆すとの期待が高まり、同年3月、兵庫県立芸術文化センター（西宮市）で行われた「生誕一〇〇年記念――時代を駆け抜けた天才たち――大澤壽人とその時代」はチケットが完売、ロビーでは回顧展が催された。

本稿の執筆にとりかかった2014年9月18日、テレビ朝日の「題名のない音楽会」の公開収録が同センターで行われ、そこで大澤壽人やヨゼフ・ラスカの業績が紹介されて、大澤の子息である壽文が出演している（放送は2015年1月18日）。

幸い大澤壽人の遺稿は保存状態がよく、戦前戦後の日本の作曲史を塗り替える可能性のある作品が多数、演奏される日を待っている。

近代以前の阪神間

ここで、この阪神間の歴史を近代以前にさかのぼって検証してみたい。

大阪と神戸の間を意味する「阪神間」は、大化の改新の頃（7世紀）から江戸時代まで「摂津」国に属した。

「摂津」とは畿内（かつての首都圏、摂津・山城・大和・河内・和泉の5国）の一角を占める旧国名である。この摂津国に大阪・神戸両市の大半、大阪府北西部の北摂地域、兵庫県東南部の阪神間地域がそっくり入る。近畿の中枢部を占める「京阪神」から京都市とその周辺を除いたところといってもよいだろうか。JR東海道線に乗ると、大阪府下に「摂津富田」（高槻市）、神戸市内に「摂津本山」（神戸市東灘区）という駅名があるから、大阪も神戸も本来は同じ国であったことが知れよう。ちなみに、この摂津国の地理的中心に当たるのが、大阪空港のある兵庫県伊丹市となる。伊丹の地は、昆陽野《こやの》と呼ばれた平安時代、遷都の候補地にあげられたこともあったことは先述した。

海外の人材や文物を「摂」り入れる「津」（港）である「摂津」には、いくどか古代日本の首都が置かれて（仁徳期・孝徳朝・聖武朝……）、中世末期には大坂（石山）本願寺という一大宗教王国が築かれた。後者は、（阿弥陀如来を奉ずるというかたちでの）一神教への情熱が広汎な大衆の心を捉えたという意味で、わが国の歴史上、例外的な時代であったといえるだろう。16世紀の真宗門徒たちは大坂へ行くことを「上洛」と呼んだというから、宗教都市として突出した存在であったことがしのばれる。

そんな時代精神の昂ぶりに符合してか、16世紀は西洋渡来のキリスト教に少なからぬ日本人が入信した時代でもあった。バテレン追放令によりマニラで亡くなったキリシタン大名・高山右近〈高槻〉、2014年のNHK大河ドラマに登場した荒木村重〈伊丹〉……摂津国で活躍した武将たちに題材をとって歴史小説の筆を執った遠藤周作のことを、司馬遼太郎は遠藤が描いたクリスチャン大名・小西行長にふれて、そのキリスト教文学を巧みに解説している。

……最後まで読んでいまして、これはあくまで私の考えですが、カトリックの話かしらという気がしてきました。私には浄土教の世界のように思えるのです。／勝手に遠藤神学と名づけますが、遠藤神学によれば、そういうずるい人間を神は捨てておかない。いったん幼児洗礼という形で神と縁を結んだ者は、自分が忘れても、神は忘れない。／最後に神はそういう者にも恩寵を与える。刑場で小西行長が神を思い出したのではなく、神が思い出させたのだと。これは神を阿弥陀さんと置き換えてもいい。すべてに浄土教に、私には思えます。

（『週刊朝日』平成9年5月9・16日合併号）

16世紀の日本人が神（ＧＯＤ）を真に理解しえたかは確かに疑問が残るにしても、当時の少なからぬ日本人が、己の主君たる封建大名を超越した、絶対的な存在への希求を胸に宿したことは事実であった。

遠藤周作の『黄色い人』は、太平洋戦争下、教会を破門になった神父と、彼を見つめる日本人青年の物語である。罪を犯しながら偽りの告解を続ける青年、神の前に罪の重さに苦悩する神父――２人の心の変化を描いている。阪急沿線の仁川が主舞台となって、遠藤周作が洗礼を受けたカトリック夙川教会も登場する。

いつものことながら、私は毎朝、ミサにでかける道のりよりも、帰る道の方が、はるかに、長く感ぜられる。今朝も教会をでた時、体はひどく冷えこんでいた。キミコが自分のスェーターをほどいて作ってくれた襟巻《えりまき》に頭をうずめながら、私は一週間にふった凍《し》み雪《ゆき》が闇《やみ》のなかで銀色に光っている路《みち》をおりていった。まだ町はねしずまり、ひっそりとしていた。仁川橋《にがわばし》まで来たとき、甲山《かぶとやま》から吹きおろす氷のような風が、物凄《ものすご》い勢いで顔にあたってきた。心臓の弱い私は顔を手で覆《おお》ったまま、しばらく石の手すりにもたれていなければならなかった。その時も……その時もまた、私はつぶった眼《め》の奥で、自分の死んだ時の顔をはっきりと見たのだ。それは地獄にいく者の死相であった。

ここに描かれている阪神間の沈痛な風景は、一般に流布している、温暖の地に展開された阪神間モダニズムのイメージとは開きがあろう。

明るく開放的で、消費文化の熟成に特徴づけられる阪神間の近代——その源流は奈辺に求められるのか。

伊丹の町を歩くと「清酒発祥の町」という標識が随所で目に入る。

「清酒発祥の地」碑（伊丹市鴻池）

キリスト教が禁じられ、さらに鎖国の時代に入ると一転、近世の摂津国から観念的な性格は影を潜め、消費文化を牽引する「酒都」となっていくのである。

戦国の世に終止符を打った豊臣秀吉が、良酒の産地ゆえに「焼亡から守れ」と命じたのは、かつて荒木村重が居城した伊丹の地であった。

近世の酒造業は米の商品化と共に上方で急速に発展し、奈良の僧坊酒のノウハウが摂津国の伊丹や池田に入ることで商人たちにより営業化されていった。なかでも「近代絶美なる酒」と称賛された丹醸《たんじょう》（伊丹産の意）は最高値で取り引きされ、将軍の御膳酒となった。江戸中期の『日本山海名産図会』にも「伊丹は日本上酒の始とも云べし」と記されている。

戦国武将・山中鹿之助の子孫、山中新六（のちの鴻池《こうのいけ》新右衛門）が、現在の伊丹市鴻池の地で、濁り酒（どぶろく）から清酒を製造する新製法を開発したとされるのは、天下分け目の関ヶ原合戦のあった1600年のことである。鴻池家の家伝によると、鴻池家の番頭が主人を恨んで行方をくらます際、火鉢の灰を醪《もろみ》桶に投げ込んでいったところ、翌朝には上々の澄み酒（清酒）ができていたという。偶然が発明をうむというエピソードの好例だが、実はそれ以前から考案されていた手法らしく、鴻池の成功例で一般的となったようだ。

関ヶ原に勝利した徳川によって政治首都となり、やがて世界最大の人口を抱えるに到った新興の大消費地・江戸に、下り物と呼ばれて有難がられた先進地・上方の産物（それ以外からの商品は「下らない」とされた）が大量に輸送されることで、東海道をはじめとする陸路、さらには海路の流通が伸展していく。それを象徴する商品が清酒であった。元禄10年（1697）に上方から江戸へ送られた清酒は64万樽に達し、鴻池の子孫は、醸造業（産業資本）のみならず、両替商（金融資本）としても巨大な財を成し、日本経済を左右するようになる。

手工業（マニュファクチュア）による〈生産〉の効率化・組織化と、都市の〈消費〉の拡大が呼応して、ここに日本資本主義が産声をあげたのである。

伊丹はその財力で文人墨客のパトロンとなり、俳人の上島鬼貫らを生んだが、阪急電車と阪神電車が接する今津《いまづ》（西宮市）の地も、銘酒の町として知られ、その財力で文化のパトロンとなったところである。

『万葉五句類句』を編んだ野田忠粛《のだちゅうしゅく》や『一昔話』を著した加藤良斎《かとうこんさい》など、江戸時代初期から文人を輩出してきた今津の地（現在の西宮市今津巽町）に、宝暦5（1755）年、良斎の門から出た飯田桂山《いいだけいざん》が学問塾をひらいた。茅渟《ちぬ》の海（大阪湾）と摂津・河内・和泉・紀伊・淡路・阿波の6国を見はるかす眺望のすばらしさから「大観楼《たいかんろう》」と名づけられ、ここを拠点として多くの文化人が往来した。

明治6（1873）年に発足した今津小学校には「六角堂」という文明開化期のハイカラな2階建ての校舎が15年に建てられる。酒造業の財力により建てられた校舎は、長野県の開智小学校に次いでわが国で2番目に古く、当時の志気の高さをしのばせる。この今津小学校から巣立った作家が野間宏（1915〜1991）であり、野間宏と同じく今津小学校から大阪・北野中学へ進み、一緒に同人誌をつくっていたのが俳優の森繁久弥であった。

単なる社会派小説ではなく、戦争や差別など人間が抱えもつ「悪」の実相を追求し、歴史

今津六角堂（提供：西宮市情報公開課）

の暗部と現代社会の問題に真っ向から挑んで人間の生を丸ごと作品にしようとする野間宏に世間は「重戦車」という仇名を与えた。老いてなお先端科学を理解しようと努めたのも、あらゆる世界を知ろうとする旺盛な意欲の表れであり、電気技師だった父親の血をひいていたのかもしれない。

野間宏は、第三世界のノーベル賞といわれるロータス賞を1973年に受賞する。「小説は生理、心理、社会を総合して書くべき」を信念とした野間と同じ考えの持ち主だった、小田実（1932～2007）も1988年に同賞を受賞している。

大都市近辺の中産階級から、こうしたラディカルな作家を輩出してきたのも、阪神間の見逃せぬ側面である。左翼のイメージでみられがちな小田実であるが、本人は教条主義的・団体主義的な思想を嫌い、阪神間の土地柄を愛し、「中流」の役割を何より重視したエピキュリアンでもあったことは意外に知られていない。

野間 宏

美的消費の文化　善と美の相克

明治の産業革命によって大阪が工業地へと変貌するにつれ、住友家や鴻池家など大阪の富商たちは、こぞって阪神間の六甲東南麓に居を移していった。明治末から大正期にかけて、相次ぐ鉄道開通と電鉄会社の競合によって沿線開発には拍車がかかり、歌劇場やリゾート型のホテル、野球場といった娯楽施設が続々と建てられていった。ここは「職住分離」という現代日本のライフスタイルを全国にさきがけて確立した地となったが、ただし、あくまでもプライベートな住宅街として発展したせいか、何かにつけ「私」の文化が「公」のそれを上回ることになった。国鉄（現JR）よりも私鉄の駅前が栄えてきた。学校も私学が幅を利かし、美術館はあらかたは個人の手になる私立美術館という具合である。ちなみに本邦初の私立美術館となる三田《さんだ》博物館は阪神北郊の三田の地に帝国博物館総長を務めた九鬼隆一（1852〜1931）によってつくられている。

「公」の世界を担う男たちは、大阪や神戸で（あるいは東京で）会社や商店を経営しており、ホームタウンはどこまでも寛ぐ場であった。したがって地域文化のかなりの部分は女性たちの手に委ねられることになったが、今日のキャリアウーマンではなく、有閑夫人のサロンのようなものが主体となった。主婦を主な対象とする今のサロンやカルチャーセンターのルーツは阪神間にあったわけであり、皮肉な言い方をするなら、「公」より「私」が幅を利かす戦後文化の雛形がここにうまれたということになろう。文芸春秋社の別冊に連載されて人気を呼んだ、丸谷才一と山崎正和の対談『日本の町』シリーズでは、西宮・芦屋篇に「女たちの町」という別題を付けている。

もともと関西の町人社会はタテマエよりホンネを重視する傾向があった。理屈抜きに人の心をつかむ商品をつくりだすには、大衆が真に求めるものを察知しなければならない。「男子たる者いかに生くべきか」ではなく女性の臭覚に近いセンスが求められる。観念ではなく生活感覚や身体感覚に裏打ちされたものが求められるということだ。

生産的な活動においては、人々は意識的に協力し合って励まざるをえない。そこでは能動的で意識的なモラルを説く必要があろう。しかし個人の消費生活には人間のホンネが色濃く現れる。自分が誰にも干渉されず自分のカネを自由に使っていいとなれば、本当に欲しいものを求めるのが人情というものであろう。心から娯《たの》しいもの、美しいもの、快適なものを求めるのが自然の成り行きであり、そこに「やせ我慢」の美学は必要ない。そうした美的消費の文化は、もともと武家や農民より貴族や町人が開発してきたものであり、それを20世紀のモダンライフのなかに継承したのが阪神間の市民文化であった。

これに対し、一国を率いる首都である以上、東京の近代は「公」の性格を担わざるをえなかった。江戸と呼ばれた頃は武家の都であったから、ホンネよりタテマエを重んじる風土が近代以降も残存したと考えられる。

谷崎潤一郎が阪神沿線の打出界隈を舞台に描いた『猫と庄造と二人のをんな』は、夏目漱石の『吾輩は猫である』のように擬人化された猫ではなく、主役として猫が登場する初めてといってよい小説であった（映画では森繁久彌が庄造の役を好演した）。気ままなエゴイストである猫は、いわば「私生活」「消費生活」のシンボルであり、そんな猫の存在が広く容認されるようになったということは、一般市民が私生活・消費生活をもてるようになったことを意味する。そうした小説が阪神間を舞台にして現れたということは、かなりの数の人々が中流の生活を味わえるようになった地域であることの証しでもあった。

消費文化の支えがなければ「個人」を築くことなどできないという散文的な現実を、戦前の段階から真正面から見据えたのが阪神間の市民文化であったということもできるだろう。

小田実が『細雪』を高く買うのは、そうした考えが根底にあるからだ。伝統とモダンが調和した阪神間のブルジョア風俗を丹念に描き、「昭和の源氏物語」にも見立てられる『細雪』には、現代の日本人が享受する、消費生活を基盤としたライフスタイルの原型が丹念に描きこまれたのである。

このように消費生活を真正面から見据えて個人のライフスタイルを重んじる文学が、阪神間のみならず日本社会全体に広く認知されるようになってくるのは、高度経済成長を潜りぬけた1970年代も後半に入る頃である。

村上春樹の洗練された文体は、80年代の若者たちの心を捉え、90年代に入るとアジアや欧米の若者をも捉えるに到った。

もしあなたが芸術や文学を求めているならギリシャ人の書いたものを読めばいい。真の芸術が生み出されるためには奴隷制度が必要不可欠だからだ。古代のギリシャ人がそうであったように、奴隷が畑を耕し、食事を作り、船を漕ぎ、そしてその間に市民は地中海の太陽の下で詩作に耽り、数字に取り込む。芸術とはそういったものだ。

夜の三時に寝静まった台所の冷蔵庫を漁るような人間には、それだけの文章しか書くことはできない。

そして、それが僕だ。

（『風の歌を聴け』）

古代ギリシャの哲人たちが説いた、個人が立脚すべき高貴な道徳などは、額に汗して働かねばならぬ圧倒的多数の民衆には荷が重すぎたのであろう。満足に食べることすらできない者にノーブルな精神をもてというのは、宗教家でもないかぎり無理な話ではないか。多くの大衆がようやく食べられるようになった今、ようやく「個のモラル」を築くときが訪れた——はずであった。

それが本当にできるかどうかはわからない。それでも各人がめいめいのモラルを自分なりに手探りしながら生きていくほかないことを、静かな語り口で説いてきた村上春樹にわれわれは少しずつ説得されてきたのである。それは、西宮在住の劇作家、山崎正和の唱える「柔らかい個人主義」にたどりつく。

人間は衣食足りてこそ心も豊かになる、風土に根ざしたライフスタイルの充実によってこそ普遍性をそなえた「市民」になれるという、平凡で散文的で切実な真実に、長いイデオロギー闘争を経て、ようやくわれわれは気づいたのである。

ちなみに村上春樹も愛猫家であり、団塊の世代に属しつつも集団的な言説や行動を排し、プライベートな美意識を大切にする作家となったとみることができる。

明治から敗戦時までの学校教育においては、国家の整備や産業の近代化という「公」の目的が先行するせいか、美術や音楽など芸術教育は〝つけたし〟のように扱われた。「善」よりひたすら「美」を追求する谷崎文学のごときは不良文学とみなされがちであった。理屈抜きに耽美的な舞台づくりに徹する宝塚歌劇などは真の舞台芸術でないと、インテリ新劇人たちから見下されてきた。井上靖にしても、阪神間在住時代に題材をとったブルジョアの恋愛小説より、東京に活動の場を移してからの歴史小説のほうが重くみられてきたふしがある。

しかし、「善」だけを教条主義的に説いたところで効果はあがらないものである。人間は「善」に劣らず「悪」に惹かれるものであって、「悪」と「美」が合体すると相当な魅力を発揮することがある。谷崎潤一郎が好んで描いた〈悪女の魅力〉というやつに生真面目な人ほど引っかかりやすい。恋愛を考えてみても、いくらあの人は心が美しいから好きになれといわれても困るものだ。心の美しさとは「美」より「善」の価値に近いが、多くの人間は容貌の美しさにまず心奪われてしまう。内面より外面に惑わされてしまう。それでも（幸運なケースではあろうが）経験を重ねて異性を深く知るにつれ、しだいに内面の美しさ、人間性の善さにも目が向くようになる。女優でも表面的に顔の綺麗な女優はやがて飽きられる。

しかし、まずスターになるにあたって人の目を惹きつける美人のほうが有利なのはいうまでもない。どうしようもない現実だ。骨董趣味でも、最初は色彩のあでやかさに目を奪われて好きになっていたのが、いつしか好みが深化して渋好みに変わっていき、モノの目利きができるようになる。それは意識してそうするのではない。体の奥の無意識が命じるようになるまで気長に修業しなければならないということなのである。

意識的な価値観というものは、無意識の熟練に裏打ちされないかぎり、空疎な観念に終わってしまう。人が何かを心から美しいと感じるとき、それは良い（正しい）ものに見えてくるものであって、心から正しいと信じるとき、美をそこに感じとるものだ。

「うつくしいもの」と「よいもの」との重なる部分において、美は深味を増し、善は洗練されていき、ともに複雑で微妙な味わいを増す。見てくれの美は飽きられ、何種類もの美と善の組み合わせが可能となり、こうして社会の標準モラルは形成されていく。

『羊をめぐる冒険』を発表して以来、村上春樹の小説には「羊」というキーワードがひんぱんに登場するようになっていく。「美」や「善」、「義」といった文字の上半分に入る「羊」

は、「美」と「善」の重なる領域を表象しているのだろうか。古代遊牧民が神に捧げた犠牲獣「羊」、それは「聖」を意味していたのでは……といった空想に誘われる。

ここで、羊をめぐる思考の迷路に分け入ってみよう。

『羊をめぐる冒険』（講談社文庫）
初版は講談社より1982年刊行。

羊をめぐる考察へ

遠藤周作に「合わない洋服」という表現があることは前述したが、「西洋」という着物を被って近代化に邁進してきたものの、いつしか心身の深いところで疲労感を抱くようになった、現代日本人の戯画なのか。村上春樹の『羊をめぐる冒険』（1982）やその続篇には、頭から羊の毛皮をすっぽり被り、くたびれた表情を浮かべた、「羊男」という珍妙なキャラクターが登場するようになる。

ムラカミ文学の最高傑作とみなす評家も少なくない幻想小説『羊をめぐる冒険』に、羊と日本人との歴史的な関係が要約されているので、〈第六章～1奇妙な男の奇妙な話（1）〉から引用してみよう。

……羊が日本に輸入されたのは明治初期ではなく、安政年間だ。しかしそれ以前には、君の言うように、日本には羊は存在しなかったんだ。平安時代に中国から渡来したという説もあるが、それが事実だとしてもその後その羊はどこかで絶滅してしまった。

だから明治まで、殆んどの日本人は羊という動物を見たこともなければ理解もできなかったということになる。干支の中にも入っている比較的ポピュラーな動物であるにもかかわらず、羊がどんな動物であるかということは、正確には誰にもわからなかった。つまり、竜や貘と同じ程度にイマジナティブな動物だったと言ってもいいだろう。事実、明治以前の日本人によって描かれた羊の絵は全て出鱈目な代物だ。H・G・ウェルズが火星に関して持っていた知識と同じ程度と言ってもいいだろう。

極東の島国から出ることのなかった日本人が、ヒツジという草食獣を実際に肉眼で見ることができたのは、今から150年ほど前のことだったというのだ。「羊」という概念は古代から入ってきていたにもかかわらず、その実体は誰も知らぬ幻の存在であったことになる。近代までの日本人は、生産の主体をもっぱら農耕に頼り、遊牧という民俗は体験してこなかったため、牧畜を象徴する草食獣ヒツジの実体を知らないままきてしまったのは無理もない。しかしながら、「羊」という文字（漢字）は早くから入ってきて、干支にも数えられ、イメージとしては増殖していったのである。

海の向こうにいるという〈羊〉。それは「氵（水）」＋「羊」＝「洋」という言葉に象徴されるようになり、東「洋」と西「洋」とを問わず異国の文明のシンボルとして定着していく。観念が先行してイメージも肥大していくというのに、実体は定かでないままの「外国」のシンボルが「羊」であったということになろうか。

平安時代、ヒツジを輸入したのは平清盛だったという。のぼりつめた太政大臣の地位をあっさり辞して六甲南麓の福原〈神戸市兵庫区〉の地に移り住み、海にひらけた理想の都を築こうとした清盛は、当時のハイカラ族の代表格であったから、日本列島に棲息せぬエキゾチックな獣に興味をもったのか。折悪しく流行した疫病がヒツジのせいにされてしまい、渡来したばかりの珍獣は日本人から遠ざけられてしまうのだが……。

そして今日でもなお、日本人の羊に対する意識はおそろしく低い。要するに、歴史的に見て羊という動物が生活のレベルで日本人に関わったことは一度もなかったんだ。羊は国家レベルで米国から日本に輸入され、育成され、そして見捨てられた。それが羊だ。戦後オーストラリア及びニュージーランドとのあいだで羊毛と羊肉が自由化されたことで、日本における羊育成のメリットは殆んどゼロになったんだ。可哀そうな動物だと思わないか？　まあいわば、日本の近代そのものだよ。

海外（大陸）の先進的な文明を勤勉に学び（真似び）ながらも、真には「外国」を理解せぬまま近現代までできてしまった、この国の歴史がそこに浮かび上がってくるではないか。

島国の湿潤な風土に棲息して隣近所とのつきあいに馴らされてきた日本人は、〝月の砂漠〟や〝星の草原〟に詩的空想を掻き立てられる。広大な草原や砂漠に生きる民俗にロマンを感じるものだ。聖書の世界に親しんだ人は羊飼いの姿に格別なロマンを感じたりもするようだが、しかし、「遊牧」は素朴な自然讃美の文明などでは決してない。「去勢」の発明によって成立したクールな文明様式である。遊牧民たちは、群れの中に雌雄が混在すると交尾期に大混乱が生じるため、種付け用以外の雄はすべて去勢するか殺してしまう。そうした知恵を人間にも応用したのが、日本にはなじまなかった宦官制度であった。

人間が動物を支配するにあたり、動物の群れの中に入って、その群れと共に移動していこうと考え、群れのボスを押さえておけばよいと思いついたのは、卓抜した狡猾な知恵ではあった。

遊牧の民は、牧草を求めて移動しながら生活するため、人間が集団化して一定の地に富を蓄積する文明を築こうとはしなかった。戦時に結束することはあっても、個人が社会の基本単位であることは変わらなかった。牧民社会とは、自然発生的な共同体社会ではなく、個人の利益追求のためにつくられた人為的な利益共同体であり、地縁ならぬ人縁の社会であった。それはたぶんに近代的・都市的なライフスタイルの原型だったといえるかもしれない。

よるべのない無限の孤独のなか、原父への遥かな憧憬から宗教は出現したと説くフロイトの宗教起源説は、遊牧民の宗教観に当てはまる。砂漠や草原で広大な天を仰いで生きれば、人間存在の小ささ、宇宙の果てしなさにおのずと思いをはせるようになることは推察できるだろう。広大な「天」と対峙する「個（孤）」としての己を意識することで、西洋では「GOD（唯一神）」と呼ばれ、東アジアでは「天」と呼ばれる絶対者の概念もうまれたと想像される。

集団に支えられない自我は、みずからアイデンティティをつくりださなければならない。孤独に耐える生活は、絶対者への帰依と引きかえに、したたかな「個」の意識を育む。そんな近代人の自覚にもつながる遊牧民たちの精神世界に接したとき、ムラ社会の共同体のなかで情緒的に生きてきた農耕の民は相当なカルチャーショックを受けたことが想像される。

具体的なモノの象形から始まった漢字に抽象的な理念が付け加わる際に「羊」が出現したということは、漢字を発明した農耕の民が北方や西方の遊牧民と接触することで新たにうみだされた観念であったのか。「象」はエレファントが前肢で立つ姿を連想させるし、ヒツジが両耳を立てた姿を真正面から見たフォルムが「羊」になったであろうとは想像がつく。そうした具体的な事物を象る象形文字が組み合わさって抽象的な思念をさす文字が出現したにしても、「美」や「善」や「義」といった文字の上半分に「羊」が入りこんでいるというのは何を意味するのか？「美」は羊の肥え太ったさまを象るということだから、当初は具象に近かったわけだが……。

中東のメソポタミア平原に起こった穀物栽培の発生が農耕文明の起源とされる。チグリス・ユーフラテスの両大河を利用した灌漑の導入による大規模な穀物栽培の発明は、自然環境に依拠する狩猟採集生活から人類を脱皮させ、人々は住みなれた森を離れて平野部における定住農耕生活へと移っていった。定住は狩猟採集社会でもある程度は行われていたが小規模なものにとどまっていた。しかし、穀物の種子繁殖を応用した計画的な栽培農耕は、膨大な人口をまかなうに足る作物の増産をもたらし、人々は備蓄によって飢餓にそなえるようになる。

農耕文明が多くの人口を養えるようになると、さらに多くの作物が求められ、いっそう多くの人手が要る。こうしたヒトとモノの休みない増殖と欲望の肥大に危惧を覚え、物欲と生殖欲を統制して精神の王国を築こうとする知的リーダーが紀元前5世紀前後、洋の東西に出現した。釈迦や孔子、ソクラテスや第2イザヤといった聖賢たちが、ほぼ時を同じくして出現する。それ以前から古代の都市国家（ポリス）では、生産の余剰にともなって非生産的な活動領域が拡大し、さまざまな思想家が現れてはいたが、それら諸子百家の思想を収束するかたちで超越的な統一原理が登場したとも考えられる。

こうした高次な精神の働きは、欲望に目覚めた人間たちの心の平安を失うまいとする反動バネのせいかと考えられるが、農耕とはまったく異質の文明を築いてきた遊牧民との接触が契機になったとも考えられる。儒教の祖・孔子が好んだ「天」は遊牧の民モンゴルの「テングリ」という天を意味する言葉からきたという説がある。敗戦まもなく「騎馬民族王朝説」を世に問いセンセーションをまきおこした江上波夫は、仏教の開祖・釈迦も遊牧民の出自ではないかとの仮説を立てていた。釈迦はうまれたとき「天上天下唯我独尊」と宣言したとされるから、キリストの「われは神の1人なり」と同じく「個」の自覚が中心だったからだというのである。

この東アジアの極東に浮かぶ島国には、さまざまな先進の文物が海を隔てたユーラシア大陸から渡来してきた。それらを自己流に消化吸収しつづけてきたのが日本列島の文化史でもあったが、その受容には独特の濾過作用が働いた。目に見え手に触れる「モノ」として輸入された異国の文化は器用な日本人の「手」によって同化させられていった。種子島に鉄砲が伝わるや、半世紀後にはヨーロッパのどの国よりも多くの鉄砲がつくられるというお国柄である。どんな外国の珍しい文化も日本人の手にかかれば「モノになる」。

しかし、宗教や哲学など観念として入ってきた「外国」はどうであったか。形而上学的な哲学である仏教は御利益信仰にすり替わってしまい、仏像や宗教建築など美的な意匠は受け入れても、実体なきイデオロギーなどに本気で取り憑かれた人間は不幸になるケースが多かった。そんなインテリのはしりが聖徳太子だったといえるかもしれない。

目に見えぬ「普遍」、土着の風土を超えるような超越的な行動原理、教条的なイデオロギーなどに、われわれの祖先は心の底から共鳴することはまずなかった。「モノにならない」文化をわかろうとはしなかった（例外は日本人の心にも一神教らしきものが取り憑いた戦国時代であろうか）。「日本化」とは「モノ化」であり、そこに独特な美意識すら抱いてきた国民性である。よく日本人は外国文化を自分に都合よく表層的にとり入れるだけで本質を理解しようとしないと非難されたりするのも、つまりはモノになる技術としてしかとり入れたがらなかったからであろう。「本当に日本人は近代の本質をわかっているのか？」という疑問は、わが国の知識人が抱いてきた積年のテーマであり、日本の近代はモノマネの近代にすぎないのではないかと自嘲気味に論じられてもきたのであるが、しかし、だからこそ、舶来のイデオロギーは神秘の輝きを放ちつづけ、地道な手仕事だけでは物足りぬ知識人たちの心を魅了してきたのも事実であった。

『羊をめぐる冒険』には、戦前に中国大陸で馬賊のようなことをしていたという右翼の黒幕の話が出てくる。この男に謎の羊が取り憑いて日本へ渡ってきたというＳＦ小説的な設定となっているのだが、この謎の男は、あのロッキード事件で世に知られた児玉誉士夫を連想させる人物像である。

村上春樹は、この話に何を投影しようとしたのだろうか？

エビス神の起源　深まる謎を追って

日本のように長く稲作農耕を主たる業としてきた民族は、アマテラスのような女性の太陽神を奉じる母系性社会を構成する。一方、遊牧民の社会はゼウスのような男性の太陽神を奉じる父系性社会となる。

『意識の起源史』を著したエーリッヒ・ノイマンは、西洋において近代的自我が確立していくプロセスの元型的様相を、英雄が怪物を退治して女性を獲得するという神話の過程に読みとった。スサノヲも八俣の大蛇を退治してクシナダヒメを獲得はするものの、高天原で乱暴をはたらきアマテラスに追い出されてしまうところが、西洋のマッチョな英雄像とは異なっている。この西洋と日本の違いを考えるにあたって重要なのは、日本の太陽神がアマテラスという女性の神だということであろうと、心理学者の河合隼雄（1928～2007）は指摘している。

日本神話で男神スサノオがアマテラスに追放されてしまうのは母系性のゆえかと考えられるが、村上春樹が自分の物語世界をもっとも理解してくれた人物とする、河合隼雄が日本神話で最初に関心をもったのはスサノヲだったという。

以下、河合の説にしたがって書き進める。

ギリシャ神話では、太陽は男性であり、太陽の女性的側面は太陽の娘たちの姿をとって現れた。西洋においては太陽——男性——意識、月——女性——無意識であるのに対し、日本神話では太陽が女性であり月が男性として語られる。そのため、男性の英雄像が西洋近代の自我のイメージとなるのに対し、日本では近代以前から自我というのは男性の英雄ではなく女性の太陽の姿で示されると、河合隼雄は考えるに到ったのである。

河合の指摘を待つまでもなく、「天の岩戸」神話はギリシャ神話のデメーテールとペルセポネの話に似ているし、アマテラスの世界に侵入してくる荒ぶる神スサノヲは女性ペルセポネを強奪する地下の神ハーデースに似ている。しかし、ギリシャ神話ではこれらの神話に登場する神々の主神が男性神ゼウスであるのに対し、日本神話では女性神アマテラスが中心に位置するため、日本神話全体を俯瞰すると、アマテラスが中心でスサノヲは周囲にいるかのようにみえるものの、アマテラスも決して中心にいるわけではない。『古事記』全体を読むと、アマテラスとスサノヲは、対立者として互いに微妙な均衡を保持しつつ、どちらも中心に存在することなく全体性を保っていると、河合隼雄は筆者の問いに答えて説明してくれたことがある。

それでは、中心に位置するのは何者か？

黄泉の国から帰ってきたイザナギが川で禊をするときにうんだのがアマテラス・ツキヨミ・スサノヲであったが、実はツキヨミこそが日本神話の中心を占めているのではないかとの結論に河合隼雄はたどりつくのだ。

もっとも、『古事記』には、ツキヨミの行為がほとんど記録されていない。ということは、ツキヨミは「無為の中心」ということになる。この日本神話の「中空構造」こそが、日本人の意識のありかた、ひいては集団や組織のありかたにも反映されているのではないかという、河合の投げかけた問いは今では広く共有されるようになっている。

一神教においては、中心に至高至善の神が存在し、それによって全体が統合されるのに対し、日本では中心が無為の神をめぐって多くの神々が微妙な均衡関係を保ちつつ存在しているというわけだが、この中空均衡型と中心統合型との比較を通じ、日本の心のありかたと欧米人のそれとの差に思いをはせながら日本神話を眺めていくうち、河合隼雄には気がかりなことが出てきたという。

それは水蛭子（ヒルコ）の存在であった。

一神教の場合、唯一至高の神に敵対するものは、悪の刻印を押され、世界の埒外に排除されてしまう。しかし日本のような中空均衡型の場合、アマテラスとスサノヲの関係をみてもわかるとおり、どちらかが絶対善で他方が悪であるといった断定がなく、そのほかの八百萬の神々も、それぞれがところを得て、全体のなかに位置づけられる。

それなのに、『古事記』を読むと、ヒルコだけは葦船に入れられ追放されてしまうのだ。何でも受け入れるかに見える日本の神々も、ヒルコだけは受け入れなかったのである。

では、ヒルコとは何者か?

太陽の女神アマテラスが「オオヒルメ」と呼ばれたのに対し、「ヒルコ」という呼び名は太陽の男性神（日の子《ヒノコ》）を示すのではあるまいか。女性の太陽神に敵対する男性の太陽神がヒルコだとするなら、西洋における太陽——男性——意識という図式を考え合わせると、イザナミ・イザナギの子でありながら棄てられて海上を漂っていたというヒルコこそは、日本の風土に沿わぬ西洋的な自我の萌芽だったのでは——とのスリリングな考えに河合隼雄はたどりついたのであった。

このヒルコ神に同情して、これを最初に祀ったのが、村上春樹少年が境内の深い森の中で遊んだという、西宮神社だったのである。ムラカミ文学の神話的世界は、こうした日本神話

西宮神社 拝殿（西宮市社家町）

From wikimedia Commons/File:Nishinomiya-jinja02st3200.jpg 18 June 2008(UTC) License=CC BY-SA 2.5

と何かしら関係があるのだろうか。

日本神話によれば、神代の昔、「伊邪那岐伊邪那美二柱の神が生み給いし御子」蛭児の神は、3歳になるまで足が立たない不具の子であった。2柱の神は、吾が子を哀れと思いつつも、葦船に入れて茅渟《ちぬ》の海（大阪湾）へと流した。その蛭児の神が、茅渟の海に突き出した和田岬（神戸市兵庫区）の沖に出現したのを祀ったのが西宮戎《えびす》（西宮神社）のルーツである。その沿革をさかのぼるべく、旧暦の8月22日、西宮神社の御神体が和田岬へ神幸していたことは、平家の全盛時代に中山忠親が記した日記『山槐記』（1151〜1194）や鎌倉時代に描かれた絵巻物『一遍上人絵伝』（１２９９）などから知ることができる。

『山槐記』では、治承４（１１８０）年８月22日、中山忠親が新都の福原へ向かう途中、西宮に一宿した折、神輿の神幸が行われていて、その到着時間が午後８時で、２時間のちに還幸せられる間、氏子たちの心のどよめきを感じとりながら、和田で行われているはずの行事を想像しつつ、当夜のことが物語られている。

『一遍上人絵伝』には、正応２（１２８９）年８月22日に神幸が行われたことが述べられている。

『一遍上人年譜略』には「弘安10年２月詣西宮大明神、神主帰依渇仰」（弘安10年＝１２８７年）との記事があり、上人はその翌々年の正応２年８月、兵庫の真光寺に滞在中、病が篤くなったが、22日西宮の神幸と聞いて「さらば今日は延べこそせめ《1日命を延ばしましょう》」と、危篤を１日延ばしたと伝える。

往路はいく艘もの船を旗や幕で飾り、海上ところ狭しと連ね、陸路６里（約24キロ）をその日のうちに帰って来る壮麗な祭礼（産宮参りと呼んでいた）は、織田信長による社領没収により廃絶していたが、平成12（２０００）年に復活。翌年には平安後期の歌集『散木弃歌集《さんもぼくきかしゅう》』に詠まれた「かざまつり」の古儀も再興された。

寺江亭跡（尼崎市杭瀬）

西宮の神は大風を吹かせる神として恐れられていたらしく、「かざまつり」の斎行には、武庫山おろし（六甲おろし）をよく知る西宮人たちの、風災を鎮めようとする願いがあったと想像されるのだ。

平家の全盛時代、神崎川の河尻（尼崎市）には、清盛のブレーンである藤原邦綱の豪華な別荘「寺江亭《てらえてい》」が建っていた。治承4（1180）年3月、高倉上皇が厳島神社へ社参した折、上皇一行は神崎川を下り、寺江亭で一泊。同日、上皇たちは清盛が差し遣わした「唐船」（宋船）に乗って近くの江をめぐっている。翌日は悪天候のため乗船できず（これも六甲おろしのせいか……）、陸路で清盛の館がある福原へと向かう途中、西宮神社に参拝したとの記録がある。福原はいうに及ばず尼崎まで宋船の来航できる体制が、海洋立国をめざした清盛によって整えられていたことになる。

神代の昔、茅渟の海（大阪湾）に棄てられ平安の世によみがえったヒルコは、中世以降、西宮えびす大神として幅広い信仰を集めていった。えびす神社の総本社が鎮座された年代は明らかでないが、戎《えびす》の名は平安時代後期の文献にいくども記載されている。

首都圏である畿内に属しながら「戎」という辺境の呼び名は奇異にも思えるが、古代から近現代に到るまで他者を包摂するのに長じた摂津国の海沿いエリアの性格を物語ってもいよう。

湾岸の神々

このようにムラカミ文学の背景には「阪神間モダニズム」の母胎となった大阪湾岸の歴史が控えているにもかかわらず、大阪に対する言説が村上春樹の文章からはほとんどうかがえない。

もっとも、これは芦屋や西宮など阪神間で育った若者にしばしばみられる現象である。大阪と隣接して、大阪で事業を営む人間が多いにもかかわらず、現に村上春樹も河合隼雄との対談の中で「もし関西の大学に進学していたら大阪の会社に通って阪神間を離れることはなかったかもしれない」という旨の発言をしているにもかかわらず、この地に居を構えると、いわゆる「上方臭」が払拭され、モダンに洗練されていくのである。

神戸高校に在籍した村上春樹は、大阪より神戸に親しんで少年時代を過ごしたと察せられるが、阪神間市民文化のバックボーンを形成したのが近世以来の大阪文化であることは紛れもない事実である。阪神間モダニズムの中核をなしたのは大阪のブルジョア層であり、事実、近代大阪が輩出した文人や芸術家をざっとみていくと、画家の佐伯祐三や小出楢重、詩人の三好達治や伊東静雄、音楽家の貴志康一など、ハイカラな人々が多いことに思い当たる。劇作家の山崎正和は、『華麗なる一族』や『女の一生』などで知られる劇作家の森本薫を、そんな1人にあげている。大正から昭和初期にかけて森本が接した阪神間の住宅街の風景をその戯曲に反映させているというのであるが、森本薫の長男、森本年氏に会って確かめてみたところ、よくわからないとの答えであった。

村上春樹氏の母は、大阪船場の出身で、若い頃は国語の教師をしていた。その夫、つまり村上春樹氏の父である故・村上千秋も古文の教師であったから、村上春樹は日本文学に囲まれて育ったことになろうが、本人が『海辺のカフカ』やエッセイ等で上田秋成について言及していたのは興をそそられた。現実界から異界や魔界へ時空を超えてワープする村上春樹の小説には、秋成の幻想文学の影響があるのだろうか。

『雨月物語』の作者・上田秋成（1734～1809）は、生後まもなく天然痘にかかり、養父が加島稲荷（現・香具波志《かぐはし》神社、大阪市淀川区）に本復を祈願して助かったと伝えられている。38歳のとき大阪・堂島の実家が火災で破産してからは加島稲荷の神職方に寄寓して医術を学んだ。この地で医者を始めた秋成はのちに繁華な市中に戻ったが、隠退後は淡路（大阪市東淀川区）で暮らしている。

加島や淡路は平安時代から中世にかけて遊女や傀儡師たちが棲息したウォーターフロントであり、大江匡房《おおえのまさふさ》の『遊女記』には当時「天下第一の楽地」と記された江口や蟹島（加島）や神崎の遊女のありさまが記されている。秋成の生きた時代に書かれた浄瑠璃『ひらかな盛衰記』（1739年大坂竹本座初演、歌舞伎でもよく上演される）にも「神崎揚屋」という遊郭が登場する。秋成の作品にはさまざまな遊女のことが記されているが、村上春樹の小説にも謎めいた娼婦がしばしば登場する。

上田秋成といえば、国学者・本居宣長と論争したことが知られている。日本を唯一無二の神国などとはみなさず、世界の中における日本国の姿を客観的にみようとした秋成のことを宣長は「浪華《なにわ》の悪《あ》しき人」と意地悪な呼び方でなじったが、これには「難波の葦《あし》」が懸けられていた。

ここで、茅渟《ちぬ》の海と呼ばれた大阪湾とその湾岸の歴史を、ざっとふり返ってみよう。

大阪湾岸における最古の祭りとして文献に登場する八十島《やそじま》祭とは、天皇即位の翌年、宮中に仕える女官が、天皇の衣を難波《なにわ》の海岸で振るという儀式であった。

大阪市中で育った折口信夫は、聖水を管理する「水の使い手」たる古代の巫女についての考察などを通じ、来臨する神としての「まれびと」を迎え入れる神の嫁を「水の女」という象徴的概念で捉えている。異界の者が女と水の関与する儀式によって共同体のうちに参入できるという考え方は、男という外来者を自身の体内へ導入して新たな生命をうみだす女の性、そして胎児を保護する羊水の役割を考えれば肯けよう。

即位した天皇が神々の力を依りつかせるため海に向かって祈る八十嶋祭は、大嘗祭の翌年、難波津に壇を設け、神琴の音に合わせて天皇の衣装の入った筥《はこ》の蓋を開けて振り、禊《みそぎ》をして、祭物を海に投入することで、大八洲《おおやしま》（日本の国土）の霊を天皇に付着させ、国土の統治者としての宗教的資格を付与するというものであった。

この日本国家のルーツに深く関わる祭りは、9世紀中頃の平安初期から鎌倉時代まで行われていたことが文献史料から判明しているが（平清盛の正室・時子も二条天皇即位の折この大役を務めた）、もっと古く、海に臨む難波の地に都があった時代にさかのぼるとされており、8世紀以前には天皇みずから難波の海岸に赴いて船に乗っていった可能性が示唆されている。

天皇が大八洲の霊を体内にとり入れていたという史実は、大阪が古くから「まれびと」を招きよせる儀式に適した場であったことを物語る。八十島とは日本の国土を示す古称でもあり、海から生命力を得ようとする八十嶋祭が行われていた難波祝津《なにわはふりつ》宮の伝承地としては、尼崎市扶桑町、波洲橋あたりとの説がある。その折に祀られた生島神《いくしまのかみ》と足島神《たるしまのかみ》の両神を生国《いく》魂《たま》神社が祀っているが、社名がいみじくも語るように、国土の生成に深く関わる「生国魂神社」は、大阪の上町台地から下界の島々を見おろす高台にある。

海は〝産み〟でもあり〝膿み〟でもある。上代の頃、紀伊半島から伸びる和泉台地から大阪湾に突き出した岬（現在の上町台地）の周りには、淀川や大和川が運んだ土砂が大小の砂州（デルタ）を蛸の足のようにかたちづくり、難波八十嶋《なにわやそじま》と呼ばれるようになった。都島・中之島・堂島・福島・松島・出来島・四貫島・姫島……「島」と名のつく、大阪市西部から尼崎市にかけての地名群は、その名残りである。

八十嶋には一面に葦が生い茂っていた。『古事記』によれば、葦のように萌え出た神こそ下界に現れた最初の神様であったという。その島々を眼下に見おろして上町台地に宮居した帝王たちの目には、海に浮かぶ八十嶋の風景が、さながら海中から陸地が湧出したように映ったことであろう。八十嶋のはるか先には、国生み神話のふるさと、淡路島が浮かぶ。国土創生のモデルを難波潟に浮かぶ八十嶋の風景にみるなら、日本神話にいう「葦原中国」とは上代の大阪のことだったということになるのではあるまいか。

大仏造営で有名な聖武太上天皇の難波行幸は756年2~4月のことで、その間の3月1日に難波の堀江を訪れているのは、前年10月の発病で衰えた生命力を奮い起こすため、禊や祭りをするためであった。同じ聖武天皇の745年8~9月の難波行幸も、天皇の病が重くなり危篤とささやかれたからこその行幸であり、事実、天皇は奇跡的に命をとりとめたのである。756年の行幸は、その折の霊妙な経験を思い起こして行われたものらしい。古く仁徳朝や孝徳朝の都が置かれた難波の地は、平城京が都であった時代においても霊的な土地でありつづけ、仁徳天皇が開削したという難波の堀江は天皇の生命力を奮い起こす聖なる場所であったと、古代史家の栄原永遠男・大阪歴史博物館館長は説いている。

神々が島々をうんで国をつくったという国生みの舞台が大阪湾であり、国をうみ終えたイザナギが淡路の幽宮に行く――つまり死後の世界が淡路島の向こう側だとみなすのは、上町台地から大阪湾を眺めた世界観であろう。海の向こうにある他界は自分たちの住む世界とは違う異界だという認識が古代の畿内人にはあった。海の向こうは自分たちのいる世界とは別の世界だとする考え方が、やがて神々の世界から仏の世界へと転化していき、大阪を浄土信仰の聖地としていったのであろう。平安末期から盛んになった「日想観」という四天王寺の西門の向こうに沈む夕日を拝む信仰によって、大阪は宗教都市となっていき、さらには中世末期の大坂本願寺の出現へと歴史の歩みを進める前に、いまいちど、話を上代に戻す。

古事記の「くらげなすただよえる」という表記にみるような、海にただよう混沌のクニが、言葉の呪力によって1つの意志をもった国家へと統合されていく過程において、難波（大阪）の地が果たした役割は大きかった。わが国に初めて文字を伝えたという王仁《わに》の「難波津《なにわづ》に　咲くやこの花　冬ごもり　今は春べと　咲くやこの花」という歌は、幼児が習字の手習いに学ぶ和歌として広まり、此花《このはな》区（大阪市）という名のルーツとなった。姫島（大阪市西淀川区）で乙女の死に悲嘆して詠まれたという「妹が名は、千代に流れむ姫嶋の、小松が末に苔むすまでに」という歌を、日本国歌『君が代』（君が代は　千代に八千代に　さざれ石の巌となりて　苔のむすまで）の本歌とする有力説もある。

葦が生い茂った八十嶋を見おろす上町台地には、いくどか古代日本の首都や副都が置かれた。そんな上町台地に宮居した応神や仁徳や孝徳といった大王たちの目に、難波潟に浮かぶ島々は始源としての混沌の国として映じたことであろう。

海を漂う混沌のクニが、人間集団を1つの体系に組み立て、みずからの美的なフォルムを完成させていく過程で忘れられていった、原初のヒトのカタチ……。

四天王寺の西門を極楽の入口に見立て、海に沈む夕日を拝んだ、一切衆生。中世民衆のエネルギーを解き放った石山の大坂本願寺。乱世が訪れるたび宗教や権力がなまなましいホンネの姿をみせた難波の地には、万人に必ず訪れる死というドラマを通し、人間の普遍的な形相を露出させるものがあるのではないか。

（私が）『天王寺はん』を好きなのは、子どものころからそのそばで育って、しょっちゅう出入りしたこともあるが、そういう人びとのシンジンが何やら生きているお寺であるからだ

（『人間みなチョボチョボや』）

「べ平連」など反戦活動で知られた小田実の言である。小田実の心の原風景としての故郷大阪は、裸の信仰の生きる地であり、あらゆる階層の人々が死を目前にして訪れるというガンジス河の夕陽を小田がことのほか愛したことと共通するものがあろう。

四天王寺極楽門（大阪市天王寺区）
『夕陽丘の四季　阪田収写真集』東方出版、2005年、p. 91

村上春樹の故郷へ

夙川河口の香櫨園海岸に臨むマンションに住んだ小田実が、日本の近代文学を代表する傑作と断言する『細雪』について、村上春樹は『ウォーク・ドント・ラン』という村上龍氏との対談で言及している（この本が事情あって絶版となっているのは残念である）。

それでね、言葉が、使い方がわからないんですよ、日本の小説の言葉の使い方というのが。全く読んでないってわけじゃないんですよ。少しは読んでる。例えば谷崎潤一郎の『細雪』、十年ばかり前に読んだんだけど、凄いなって思うわけ。でもそれで谷崎を読むかっていうと、そうじゃないんです。いまだに谷崎で読んだものっていうと『細雪』だけ。

そっけない発言のようながら、村上春樹と谷崎潤一郎という2人の作家の間は1本の糸でつながっているのかもしれない。

西宮ヨットハーバー（西宮市西宮浜）

阪神間に育った読者なら、『風の歌を聴け』や『一九七三年のピンボール』といった初期の長編小説に酒蔵やヨットハーバーの描写が出てくることから、ムラカミ文学の原風景がどこなのか……ピンときたはずである。思い当たる場所が身近に多いからだ。

その1人、芦屋市立精道中学OBとして村上春樹の後輩に当たる映画監督の大森一樹は、地元の風景をふんだんに使って『風の歌を聴け』（1981年、ATG）を映画化している。

春樹少年が育ったのは、西宮市を南北に流れる夙川に沿った住宅街である。えびす信仰の総本山「西宮神社」や近世以来の酒蔵地帯、そして西日本で最大規模のヨットハーバーがあるという街だ。このヨットハーバーは、堀江謙一が太平洋単独横断航海に船出した母港であり、『1Q84』にも名が見える。

昭和36（1961）年に香櫨園小学校を卒業した村上春樹少年は、夙川や西宮神社、旧西宮市立図書館（六湛寺町）などが行動エリアであったせいか、ムラカミ作品の随所に西宮らしき風景が登場する。

『海辺のカフカ』は、東京に住む15歳の少年が、父にかけられた呪いから逃れるために家出をし、あるきっかけで四国高松市の甲村記念図書館で暮らすことになって、そこで異界に迷い入り、過去の幻影に巻き込まれていくというストーリーで、世界22カ国で翻訳されている。村上春樹の研究家、小西巧治氏によれば、この物語に出てくる甲村記念図書館は、スパニッシュ・コロニアルの名建築であった旧西宮市立図書館をイメージしたものだという。図書館の運営が甲村家という江戸時代からの造り酒屋の援助で成り立つという設定は、旧西宮市立図書館が酒造家辰馬吉左衛門氏の寄付で建設された経緯に似るし、「踊り場の正面の窓にはステンドグラスがはめ込まれている。鹿が首を伸ばしてブドウを食べている図柄だ」というくだりは、天窓が美しいステンドグラスで飾られていた旧西宮市立図書館をイメージさせるというのだ。このステンドグラスは西宮市内各所の図書館や分室にも残されている。

2013年に亡くなった岩谷時子は、歌謡曲を演歌から脱皮させた作詞家だが、村上春樹が4年生まで通った西宮市立浜脇小学校の出身である。水抜小学校（のちに浜脇小学校と改名）に入学後、校区変更により大正15（1926）年に第3尋常小学校として創設された安井小学校第1回の卒業生となったから、小松左京の先輩でもある。神戸女学院大学を卒業後、宝塚歌劇団の文芸部に入り、越路吹雪のマネージャを長年務めた。シャンソンの訳詞を手がかりに作詞・訳詞家として活躍した彼女が『グラフにしのみや』に「思い出の町よ」と題してセンチメンタルな回想文を寄せている。

今までの私の人生のなかで、一番思い出多い幼年期と少女期を西宮で過ごした私は、西宮という字を見るだけで、砲台があった夏の海や、十日戎のお祭りや、近所に住んでいた誰彼の顔が蛍火のように瞼に浮かんでくる……。

岩谷時子や村上春樹が育った阪神沿線の香櫨園・打出界隈は、谷崎潤一郎の『卍』『猫と庄造と二人のをんな』、井上靖の『明日来る人』、織田作之助の『六白金星』、大岡昇平の『酸素』、野坂昭如の『火垂の墓』、宮本輝の『錦繍』など多くの小説の舞台となってきた。井上靖などは「主人公を登場させる際、つい香櫨園の夙川沿いの道を設定してしまう」と述懐しているほどだが、作家たちを惹きつける魅力とは何だろう。

大阪と神戸という繁華な両都会にはさまれながら、ここには松林と白砂のなかで静かにたたずむ日溜りがある。そんな「余白」に惹かれてやってくる文士や芸術家は少なくなかった。

この落ち着いた住宅街で育った若者たち（村上春樹流にいうなら「阪神間少年」）は、博覧会やテーマパークより、日常の中にハレの余韻が漂うといった感触を好むようだ。私的な生活空間にモダニズムを蓄積してきたせいか、量より質、拡散より内面へと目が向かう。いわば「抑制されたモダニズム」が土地柄ともなってきた。（だから、70年代に芦屋の海岸が埋め立てられ高層住宅が建ったり、1981年に神戸市が海を埋め立て大仰な博覧会を開いたのが、村上春樹にはショックだったのだ。学生時代、帰省するたびに埋め立てられていく海を見て、喪失感を覚えていたようである。）

高度成長の総決算のような大阪万博が開かれる2年前に、村上春樹は関西を去る。

そんな阪神間の市民風土についてエッセイ等で言及する一方、大阪についてほとんどふれてこなかった村上春樹が、文藝春秋2014年1月号に掲載した書き下ろし小説『イエスタデイ』で、関西弁と自分（?）との関係について述べているのには目を見張らされた。

僕が東京に出てきて、関西弁をまったくしゃべらなくなったのにはいくつかの理由がある。僕は高校を出るまではずっと関西弁を使っていたし、東京の言葉を話したことは一度もなかった。しかし東京に出てきて一ヶ月ほどして、自分がその新しい言葉を流暢に話していることを知って、自分でも驚いてしまった。僕は（自分でも気づかなかったけど）もともとカメレオン的な性格だったのかもしれない。それとも言語的な音感が人より優れていたのかもしれない。いずれにせよ、関西出身だと言っても、まわりの誰も信じてくれなかった。

それともうひとつ、僕がこれまでとは違う新しい人間になりたかったということが、僕が関西弁を使わなくなった大きな理由としてあげられるだろう。

東京の大学に入学し、新幹線に乗って上京するあいだずっと一人で考えていたのだが、それまでの十八年間の人生を振り返ってみると、僕の身に起こったことの大部分は、実に恥ずかしいことばかりだった。ことさら誇張して言っているわけではない。実際の話、思い出したくもないようなみっともないことばかりだった。考えれば考えるほど、自分であることがつくづくいやになった。もちろん素敵な思い出も少しはある。晴れがましい思いをした経験もなくはない。それは認めよう。しかし数から言えば、赤面したくなること、思わず頭を抱えたくなることの方が圧倒的に多かった……とにかくすべてをちゃらにし、まっさらの人間として、東京で新しい生活を始めたかった。自分であることの新しい可能性をそこで試してみたかった。そして僕にしてみれば、関西弁を捨てることは、そのための実際的な（同時にまた抽象的な）手段だった。結局のところ、僕らの語る言葉が僕らという人間を形成していくのだから。少なくとも十八歳の僕にはそのように思えた。

正直な告白であろう。
事実、村上春樹はそうやって生きてきたのだ。

出身地を訊かれて、芦屋の出身だと言うと、どうしても裕福な家庭の出身というイメージを持たれてしまう。しかし芦屋といってもピンからキリまである。僕はとくに裕福な家の出身じゃない。父親は製薬会社に勤めていて、母親は図書館の司書をしている。家は小さいし、乗っている車はクリーム色のトヨタ・カローラだ。だから出身地を

夙川の河口近くの葭原橋（西宮市）撮影：土居 豊
村上春樹『ランゲルハンス島の午後』に登場する。

訊かれると、余計な先入観を持たれないために、いつも「神戸の近く」と答えることにしている。

この感覚は、芦屋市民でありながらブルジョア家庭の出身でない人間に特有のものであろう。

村上春樹は己の過去と真正面から向き合い始めているのだろうか。

阪神間で少年時代を過ごした文学者の名をあげていくと、村上春樹、柄谷行人、小林恭二、四方田犬彦、高橋源一郎……。戦前戦中期には遠藤周作・小松左京・野坂昭如・佐藤愛子・徳岡孝夫……。漫画家の手塚治虫や昨今人気の白洲次郎もこの地で育っている。現在この地に住む文士としては、劇作家の山崎正和、小説家の小川洋子、宮本輝、田辺聖子、貴志祐介、有川浩、谷川流……。近年亡くなった黒岩重吾や藤本義一、小田実らも西宮市民であったが、なかでも夙川の流域には、井上靖・遠藤周作・谷崎潤一郎・村上春樹……ノーベル文学賞にノミネートされた作家たちが住んできた。将来の文学賞候補として小川洋子の名が浮上していると聞くが、彼女も夙川上流の苦楽園に在住である。

日本人として初のノーベル賞を受けたのは物理学者の湯川秀樹（1907～1981）であったが、湯川夫妻は生涯もっとも思い出深い時期として、夙川上流の高台にある苦楽園に住んだ時代を回顧しており、スミ夫人の自伝は『苦楽の園』と名づけられた。当時の湯川博士の勉強部屋は黒板もふくめ大切に保存されてきた。

夏目漱石が入院したことのある大阪の湯川胃腸病院に育った湯川スミ（1910～2006 湯川秀樹は湯川家の養子）は、ストックホルムにおけるノーベル賞授賞式において貴志康一のバイオリン曲「竹取物語」が演奏されたことを懐かしんでいたものである（スミ夫人は康一の妹と同級生であった）。授賞式では受賞者の国の曲を演奏して祝うのがならわしとなっている

からだが、終戦当時、滝廉太郎でも山田耕筰でもなく貴志康一の名が日本人作曲家として
ヨーロッパでは知られていたことになる。
村上春樹が文学賞を射止めたなら、どんな日本の曲が流れるだろうか？
村上春樹はモダンジャズをはじめとしてアメリカのポピュラー音楽に詳しく、またヨーロッパのクラシック音楽にも精通しているが、彼の育った阪神間の海沿いに〝関西洋楽の故郷〟があったことは前章に記したとおりであるが、のちにヤクルトファンとなる村上春樹の少年時代は、タイガースファンだった父の影響もあり、プロ野球も身近にあったはずである。

高橋源一郎は、大阪・千里丘から、灘中学・高校のある、谷崎潤一郎旧居・倚松庵の川向かいまで電車で通った。虎キチだった叔母の影響で阪神戦はよく見ており、大学時代には客席でジュース売りをしたこともあるという。第1回三島由紀夫大賞を受賞した『優雅で感傷的な日本野球』は、突拍子もない架空の挿話が交錯し、浮遊し、読者を迷宮の世界に誘い込む野球小説である。

――「わたし」は、劇作家から85年の阪神タイガース優勝は幻だったと主張する手紙をも

らう。選手たちはマジック1になったところで自分がしていることが野球ではないと気付き、チームを去ったというのだ。最後に「わたし」はこうつぶやいてみせる。「かれの言い分には妙なところもある。だが、そんなことがどうだと言うのだ」――

この小説の連載が始まったのは阪神タイガースが優勝した1985年のことで、「野球は日本人にとって神話みたいなものでしょう。『神話はがし』がしたかった。信じていることが本当なのか確かめてみたらという問い掛けです。この作品でプロの物書きになれた」と高橋は語っているが、何を書くべきかと苦悶したとき、その道具立てに使ったのは青春時代から親しんできた「野球」であったというのだ。

2012年度の松本清張賞の最終候補作『いつの日か来た道』を改題して出版されたのが、増山実『勇者たちへの伝言　いつの日か来た道』である。こちらは阪急ブレーブスが題材となっている。

――仕事に疲れたベテラン放送作家が電車に乗り、うたた寝をして、「次は……いつの日か来た道。いつの日か来た道」という車内アナウンスに驚くが、それは空耳で、次の駅は「西宮北口」だった。放送作家は気になり、西宮北口で降りてみると……

増山は「徹夜明けで阪急電車に乗っていたら、『次は、いつの日か来た道』と聞こえたんです。用事はなかったが西宮北口で降りました」と語っているが、この小説の冒頭は作者自身が経験した実話であり、現在は巨大なショッピングモールが建つ西宮北口の駅前には、かつて阪急ブレーブスの本拠地「西宮球場」があった。ここで活躍した伝説の勇者たちと主人公らの人生が交錯する硬派ファンタジーとなっている。

セ・リーグとパ・リーグの試合を両方観られるという恵まれた街は、かつて東京と西宮しかなかったのである。

そんな阪急西宮北口駅前の公園からいちど撤去された時計塔が5年ぶりに元の場所に戻った。スクラップ寸前の窮地を救ったのは、人気学園アニメ『涼宮ハルヒの憂鬱』のファンたちであり、作品にたびたび描かれた「聖地」を取り戻そうと走り回り、西宮市役所を動かしたのである。

この作品には、西宮市内に実在する高校や喫茶店が本物とそっくりに登場し、ゆかりの地を「巡礼」するファンが訪れる。時計塔は「にしきた公園」のほぼ中心にあり、作中では女子高生ハルヒらの待ち合わせ場所として描かれている。

西宮市は公園の地下に計画していた駐輪場建築工事の妨げになると判断し、アニメ放送中の2009年7月、時計塔を撤去。土台から切り離された時計塔が横倒しになりトラックで運び出されたのを現場で見守っていたファンが、撤去工事の動画を「舞台消失」と題して公開したことから、噂は大きくなり、簡単にスクラップにできなくなったという次第である。

その後も聖地めぐりのファンはあとを絶たず、西宮市には時計塔の復活を要望するメールが届いた。12年10月、同市の観光イベントの一環で、アニメゆかりの風景写真などを紹介する企画展が公園のそばの商業施設で開かれると、2週間で全国から1万人が訪れた。市の産業部長は金属リサイクル会社から時計塔を無償で返してもらい、330万円をかけ同じ場所に設置せざるをえなかった。

『涼宮ハルヒの憂鬱』は、日常に退屈して突飛な行動を起こしてばかりいるエキセントリックな女子高生の涼宮ハルヒが、刺激のない学校生活を変えようとして、クラスメートの宇宙人や未来人らをまきこんで宇宙規模の出来事にまきこまれ大騒ぎを起こすというストーリーで、テレビアニメ化の際、原作者の谷川流《ながれ》が学んだ西宮北高を舞台にして、実在する喫茶店や西宮北口駅、甲陽園界隈などが実物そっくりに描かれている。

『涼宮ハルヒ』シリーズの文庫・コミックは世界15カ国で発売された。作品に関する場所

阪急西宮北口駅前公園の時計台（西宮市高松町）

を訪れることをファンらは「聖地巡礼」と呼び、登場人物の通学路とみられる阪急甲陽園駅周辺や、休日の待ち合わせ場所である阪急西宮北口駅周辺などを回り「ドリーム」で休憩するのが定番コースとなった。同店ではアニメの放映が始まった頃から週末にカメラをもった若者たちの集団が目立つようになり、人気メニューは、作品にも登場するアイスエスプレッソや作者・谷川流のお気に入りというホットドック。常連客も関連本やフィギアを置いていくとのことで、店の入口にはいつしか「ハルヒ」スペースもでき、関東や東北、韓国など遠方からもファンが訪れている。

100万部を突破し、「阪急電車片道十五分の奇跡」として映画化されたベストセラー小説『阪急電車』の著者、高知県出身の女性作家・有川浩は、大学時代に下宿した阪急今津線が思い入れのある路線とのことで舞台にしたという。宝塚駅から西宮北口駅までわずか15分という今津線の電車内で起こる小さな奇跡の数々を、偶然同じ車両に乗り合わせた人々の目を通して映し出していき、車窓に流れる西宮の山や街の風景が情緒的に描かれている。

小川洋子『ミーナの行進』は、作者が以前住んでいた芦屋が主な舞台だが、西宮商店街らしき場所も登場する。主人公の朋子は母親の事情で岡山から芦屋の親類に預けられる。そこにはミーナと呼ばれる病弱の美少女がいて、朋子はすぐに親友になる。朋子とミーナは思春期の危うげな時期を一家の温かいまなざしに守られて過ごし、やがて別れの日を迎えるのだが、2人の心の結び付きは大人になっても続いていくという、著者独特の透明感の漂う作品となっているのだが、ミーナは自宅で飼うカバの背に乗って通学するという、空想上の設定である。

『十三番目の人格 ISOLA』は、貴志祐介による、多重人格と憑依現象、阪神・淡路大震災を題材にしたミステリーホラー小説である。元は「ISOLA」のタイトルで第3回日本ホラー小説大賞佳作に選ばれ、のちに「十三番目の人格 ISOLA」に改名されて角川ホラー文庫より出版され、『ISOLA 多重人格少女』の名前で映画化・漫画化された。

このように、村上春樹以後、阪神間にはファンタジー小説が確実に増えている。阪神間の人々も、近代のリアリズムに倦み疲れてきたのだろうか。震災や関西経済の地盤沈下が重なり合って、余裕がなくなってきたのか。かつて丸谷才一は、芦屋のように落ち着いた環境こそは小説をうみだすのにふさわしいと説いていたものだったが――。

1979年に村上春樹が『風の歌を聴け』でデビューしたとき、アメリカのポップカルチャーの香りが漂う小説ながら、「内面へ向ける目がある」と評し群像新人賞に推した審査員は吉行淳之介であった。

2作目の長篇『1973年のピンボール』は、「外国」とどうつきあっていくかについて作者なりの態度の表明であるとして、新聞の文芸時評で評価したのは井上ひさしであった。

3作目の長篇『羊をめぐる冒険』でストーリーテラーとしての飛躍を遂げた村上春樹の、4作目の長篇『世界の終わりとハードボイルド・ワンダーランド』を、近代的自我の見果てぬ夢を描いた傑作として新聞の文芸時評で絶賛したのは山崎正和であった。

観念としての西洋近代に翻弄されながらも、モノとして具現される近代化を突き進んできた、日本近代の矛盾を背負って登場した村上春樹は、高度成長期からこの方、一向に増殖をやめぬモノの大群に取り囲まれながら、その1つ1つのモノたちと過不足なくつきあおうと努めてきた作家であった。その頑固さに、われわれは少しずつ説得されてきたのであった。

そして、モノと親しく語らいながら、モノにこびりついた過剰な観念を丹念にそぎ落としてきた村上春樹が、静かな声で幻想的なモノガタリを紡ぎ始めたとき、それは近代を超える神話的な構造を提示して、世界のこころを捉えたのである。それは、モノの膨張が自我の拡大につながると錯覚してきたことへのアンチテーゼでもあった。

正宗白鳥は子どもの頃、何か大きなものがやってくるという恐怖感にたえず襲われていたという。それは、最果ての島国を呑みこまんとする、西洋近代の幻影であったろうか。白鳥は10代でキリスト教に入信したが棄教している。小林秀雄が宗教の話に水を向けると白鳥はいつも話題を逸らしていったというが、己の信仰について語ることに羞恥心があったのであろう。何ものにも醒めていた一方、絶対的なものへの憧れを心の奥に終生宿していたからこそ、白鳥はあらゆるものを相対化することができたのかもしれない。

多かれ少なかれ、日本の文学者たちは、この問題に突き当たり葛藤してきたのであるが、声高にはイデオロギーや宗教について語ろうとしてこなかった阪神間の文学者たちも、いま「私」から少しずつ「公」へと世界に踏み出そうとしていて、その心の揺らぎがさまざまなファンタジーをうみだしているのかもしれない。

和洋折衷のモダニズムで何とか対応してきた、わが国の近代も、耐久年数が切れたのであろう。

それが絶妙なほどうまくいった阪神間の都市も、さらに古層の文化を掘り当て、より強靱な市民文化を構築しなければならない時期にきていて、そのことがムラカミ文学に登場する「壁」や「井戸」に表象されているのかもしれず、不具の日本近代が新たな世界の広がりを求めて「漂流」と「自閉」の間を行きつ戻りつしているのかもしれない。

あとがき

不動産広告の謳い文句に「阪神間モダニズム」という言葉が出回るようになったのは、阪神大震災から3～4年過ぎた頃だったかと記憶するが、この言葉の言い出しっぺは私ということになっているらしい。

たしかに80年代からこの言葉をよく使ってきた私ではあるが、ただ、モダニズムというアイテムだけで阪神間文化を語りつくせるわけではないという思いはかねてから抱いていた。自分の出自が阪神間ブランドを形成した旧大阪ブルジョア層ではなく「地」の人間だという事情もあるし、わが家の周辺には江戸時代から続く造り酒屋が多く、私の出た中学高校も灘五郷の著名な酒造会社の経営である。そして、さらには、近世のみならず古代・上代からの歴史をも意識させられる街の住人だからでもあろう。

万葉集で高市黒人《たけちのくろひと》が「吾妹子に　猪名野は見せつ　名次山　津努《つぬ》の松原　いつか示さむ」と詠んだ、西宮市津門《つと》。拙宅のすぐ近所に「染殿池《そめどのいけ》」という旧蹟がある。

4～5世紀の頃（倭の五王の時代）、わが国は知識人や技術者を中国大陸や朝鮮半島から招き、文字をはじめとする先進の文物を積極的に導入していった。難波（大阪）の地に初めて都（難波大隅宮）を置いたとされる応神天皇の時代、呉の国から迎えられた漢織《あやはとり》・呉織《くれはとり》という2人の織姫（縫工女）は、茅渟《ちぬ》の海（大阪湾）の北岸、武庫の港に上陸して、近くの松原で休息。かたわらの松に身を寄せ、はるかな故国をしのんだことから、かつてここにあった大きな松の木は「漢織呉織の松」と呼ばれて、戦前は国の史蹟となっていた。彼女たちが、この松の傍の池で、糸を染め、布を織ったことから、この池は染殿池と呼ばれるようになったと伝えられている。西宮市内に残る、染殿町・津門綾羽《つとあやは》町・津門呉羽《つとくれは》町といった町名は、この伝承によってつけられた。2人が、糸紡ぎや染色、機織りの技術を広めてくれたおかげで、日本人も四季折々、男女それぞれのファッションが楽しめるようになったというわけであり、いわば、ここは我が国の染織文化発祥の地といってよい。

近代になると、尼崎では綿業が発祥し、尼崎紡績がニチボーさらにユニチカへと発展して（その歴史はユニチカ記念館で顕彰されている）アパレルの工業化・量産化へとつながっていく一方、芦屋では昭和初期に本邦初のファッション雑誌「ファッシヨン」が創刊されて、田中千代洋装学院が開学。芦屋婦人や芦屋マダムといった言葉が一般に流布していく過程で服飾産業には付加価値がともなっていき、これが現在の神戸コレクションへ発展したとも考えられる。事実、80年代頃まで、ファッションの新しいトレンドの兆しは阪急沿線の岡本あたりに現れると、東京のバイヤーたちはよく語り合っていたものだ。

そんな服飾産業の先進事例のみならず、宝塚を中心とする園芸・造園業にしても、西宮や伊丹の醸造業にしても、それらは阪神間モダニズムの基層をなす地場産業として市民文化の醸成に深く関わってきた。そうした付加価値を重んじる土壌から花ひらいた、阪神間の文学について検証したいとの思いから本書を書き進めていくうち、筆の行方は自分では思いもしなかった方向へ向かい、えびす信仰からヒルコ伝説の謎へと分け入っていくこととなった。

人間に深層心理があるように、土地土地にも潜在的な記憶というものがあろう。開放的で伸びやかな風光を愛されてきた阪神間ではあるけれども、『陰翳礼讃』を著した文豪・谷崎潤一郎が好んで住み、独特な昏さをたたえた村上春樹の文学をうみだしたことが示すように、明るさの中に一種の陰影が漂う土地柄でもある。その影の依ってくるところを探ってみたいという気持ちが本書を執筆した根本的動機であったと、終章近くになりあらためて認識させられた次第である。積年の思いをかたちにしてくださった関西学院大学出版会に心から謝意を表したい。

地域だけに立脚した歴史に限定して考察しても阪神間の全体像はなかなかつかめない。というのは、実にさまざまな人々が移り住むことで、この地の独特な文化が醸成されてきたのも史実だからである。したがって、「場」のみならず「人」にも着目する必要があろう。

ラストエンペラーこと清朝最後の皇帝、愛新覚羅溥儀の姪にあたる福永嫮生（西宮市在住）さんから、福永家が所蔵してきた史料の寄贈先の相談を受けた私は、地元の関西学院に総合博物館ができると聞き、橋渡しをすることができた。それを機に関西学院とあらためておつきあいが始まった。あらためて、というのは、平成8〜10年ごろに講師として通ったことがあったからだ。それだけでなく、私の兄は関西学院の大学・大学院の卒業生、甥の1人は現在4年生で在学中でありながら、近年は関西学院と私自身は縁がうすくなっていた。このたび出版を機に再び御縁ができたのを嬉しく思う。

昨年末、大学出版会の忘年会に招かれたところ、関西歌舞伎の名女形であった三代目中村梅玉の親族で、いつぞや歌舞伎の資料を見せていただこうと宝塚のお宅にうかがった倉田和四生先生、また、一橋大学の学生時代にフランス語の教官だった海老坂武先生とお会いすることができた。還暦を過ぎて懐かしい世界と再び相まみえることができたのも奇縁である。

阪神近代文学史年表

年	文学上の出来事	社会の動き
明治30年（1897）	◆「ホトトギス」創刊。正岡子規、高濱虚子等によって培われ、100年以上休むことなく刊行され続けてきた。	●明治維新（1868） ●日本初のビールを醸造した三田藩士川本幸民が死去（1871） ●大阪・神戸間に鉄道（現JR）開通（1874） ●幕末期の伊丹俳壇におけるリーダー格の曲阜死去（1874） ●三田の子女の教育機関から発展した神戸ホーム（後の神戸女学院）開校（1875） ●今津に六角堂が建つ（1882） ●日本初のサイダーが川西で発売される（1884） ●辰馬善十郎邸（日本人の手による日本初の洋館）完成（1888） ●大日本帝国憲法公布（1889） ●日清戦争開戦（1894～1895） ●六甲の植林はじまる。パリ万博に植木の「YAMAMOTO」出品（1900） ●六甲に日本初のゴルフコースが開場（1901） ●伊丹で曾我廼家劇（のちの松竹新喜劇）が旗上げする（1903） ●日露戦争開戦（1904～1905）

明治43年（1910）	◆森鷗外『生田川』に芦屋処女がその母とともに登場する。	●阪神電気鉄道大阪・神戸間開通（1905） ●有馬箕面電気軌道（現・阪急電鉄）設立（1907） ●大谷光瑞が仏教殿堂・二楽荘を建設（1909） ●薄田泣菫が西宮定住（1910） ●武田尾に笹部新太郎の「桜の園」（1912）
大正2年（1913）	◆岩野泡鳴『ぼんち』に宝塚までの通過点として池田・花屋敷・清荒神が登場する。 上司小剣『天満宮』『父の婚礼』は、父が多田神社宮司をしていたころの影響を受けている。	●宝塚に少女歌劇団設立（1914） ●第一次世界大戦（1914〜1918）
大正6年（1917）	◆泉鏡花『峰茶屋心中』で摩耶山が舞台となる。	●ロシア革命（1917）
大正7年（1918）	◆雑誌『歌劇』が創刊される。	●シベリア出兵（1918〜1922）
大正9年（1920）	◆徳田秋聲『蒼白い月』に当時の芦屋の雰囲気が描かれる。	●芦屋や甲陽園に映画スタジオ開設（佐藤紅緑らが活躍）（1923）
大正13年（1924）	◆木下利玄『一路』に六甲越えを詠む。	●甲子園球場が建つ（1924） ●孫文、神戸で講演（1924） ●宝塚交響楽協会（宝塚交響楽団の前身）が初公演（1926） ○深江にロシア人を中心とする音楽家村ができる
大正14年（1925）	◆水上瀧太郎『大阪の宿』では御影の酒蔵と海の匂いが当時の雰囲気を伝える。	●4000人収容の宝塚大歌劇場竣工（1924） ●普通選挙法・治安維持法公布（1925）

大正15年（1926）	◆金子光晴『水の流浪』に当時の西宮港が詠まれる。	●宝塚国民座が発足（1926） ●宝塚ホテル開場（1926） ●『キネマ旬報』が香櫨園で編集される（1928）
昭和2年（1927）	◆谷崎潤一郎『日本に於けるクリップン事件』で六甲山に遺体が遺棄される ◆九条武子「六甲山上の夏」（『無憂華』所収）に六甲山のモダンな風景が描かれる。	●日本初のレビュー『モン・パリ』上演（1927） ○このころ阪神地域の現在の鉄道網がほぼできる ○苦楽園の下村海南邸がサロンとなる
昭和3年（1928）	◆谷崎潤一郎『卍』では香櫨園が舞台となる。 ◆小出楢重が『芦屋風景』をはじめとして阪神間の風景や暮らしぶりを描く。 ◆生田春月『影は夢みる』に芦屋の風景が描かれる。 ◆谷崎潤一郎『蓼喰う虫』の連載始まる。阪急豊中とあるが、岡本あたりが舞台。小出楢重の挿絵で有名。	●日本初のトロリーバスが川西で開業（1928）
昭和4年（1929）	◆北尾鐐之助『阪神風景漫歩』に阪神間の風景と雰囲気が描かれる。 ◆富田砕花『阪神沿線』に当時の阪神間の豊かでハイカラな暮らしぶりとそのモダンな風景が紹介される。	●宝塚に東洋一の規模を誇るダンスホールができる（1930） ●芦屋カメラクラブ結成（1930） ●甲子園ホテル開場、関西の社交場となる（1930） ●テイチクが花屋敷に事務所兼スタジオを設け、創業（1931）
昭和6年（1931）	◆梶井基次郎『交尾』が伊丹で書かれる。 ◆合作、江戸川乱歩『江川蘭子』の作者の1人、横溝正史が妖艶な女性「蘭子」を阪神間の育ちとして設定する。 ◆中村憲吉『軽雷集』に西宮市方鉾池あたりが詠まれる。 ◆森田たま『夙川雑筆』・『故郷の味』に西宮を中心に当時の阪神間の様子や暮らしぶり、価値観等が紹介されている。	●満州事変（1931） ●五・一五事件（1932）

昭和8年（1933）	◆宇野浩二『枯木のある風景』に芦屋辺りが描かれる。	●本邦初のファッション誌『ファッション』が打出で創刊（1933） ●手塚治虫が宝塚に転居（1933）
昭和9年（1934）	◆与謝野晶子『沙上』に阪神間の風景が多く詠まれる。 ◆丸尾長顕『芦屋夫人』に当時の芦屋のイメージが描かれる（週刊朝日の懸賞に当選したのは昭和3年）。	●白鶴美術館開館（1934）
昭和10年（1935）	◆衣巻省三『黄昏学校』に当時の女学校を含めた阪神間の雰囲気が描かれる（書籍は昭和12年に発行）。	●作曲家の貴志康一、帰国後、宝塚交響楽団で指揮者としてデビュー（1935） ●阪神タイガース設立（1935）
昭和11年（1936）	◆与謝野晶子『霧閣雲窓章』に芦屋から苦楽園を抜け、六甲山の風景が詠まれる。 ◆谷崎潤一郎『猫と庄造と二人のをんな』は、芦屋から阪急六甲が舞台。	●二・二六事件（1936）
昭和12年（1937）	◆木下利玄『住吉日記』に、大正6年12月から住んだ住吉村から六甲・大阪等の当時の様子が描かれる（全集の散文篇は昭和15年発行）。	●日中戦争始まる（1937） ●阪急西宮球場開場（1937） ●本山に田中千代が洋裁研究所を設立（1937）
昭和13年（1938）	◆中河与一『天の夕顔』に熊内町に住む女性への思慕が描かれる。 ◆上司小剣『石合戦』に川を挟んで西多田と多田院村の童らが石を投げ合うシーンが描かれる（昭和16年出版の『生々抄』所収）。	●阪神大水害（1938）（『細雪』『黄色い人』に描かれる） ●第二次世界大戦開戦（1939） ●伊丹飛行場（現・大阪国際空港）が開場（1939）
昭和16年（1941）	◆藤澤恒夫『新雪』（朝日新聞に昭和16年12月から翌年4月まで連載）に六甲を舞台に当時の女性の恋愛観が描かれる。	●日本、米英と開戦（1941）
昭和17年（1942）	◆竹友藻風『鶺鴒』に武庫川の風景が描かれる。	

昭和18年（1943）	◆谷崎潤一郎『細雪』の連載が始まる。芦屋が舞台。3回で発禁。	
昭和21年（1946）	◆織田作之助『六白金星』に香櫨園周辺が出て、当時の公衆電話・芦屋の病院・ダットサン等が描かれる。 ◆織田作之助『郷愁』に阪急清荒神の駅構内のベンチに腰掛け、大阪行きのプラットホームで電車を待ち、大阪中央郵便局へ速達で原稿を出しに行き、戻るまでの出来事が描かれている。 ◆稲垣足穂『星は北に拱く夜の記』にハイカラな関西学院とその周辺の上筒井辺りが描かれる。	●終戦（1945）
昭和22年（1947）	◆田宮虎彦『江上の一族』に西宮やその周辺の酒蔵が描かれる。 ◆文芸同人誌『VIKING』が神戸で発刊された。創刊同人は富士正晴・井口浩・伊東幹治・島尾敏雄・林富士馬ら。	●歌舞伎界を代表する女形、中村梅玉（三代目）が芦屋の自宅で没す。遠藤周作の初戯曲『サウロ』が小林聖心女子学院で上演される（1948）
昭和23年（1948）	◆山口誓子が『天狼』創刊。伝統俳句の戦後勃興に寄与した。	
昭和24年（1949）	◆由紀しげ子『本の話』ではミモザの咲いている関西学院の裏山が作品の雰囲気を決めている。 ◆井上靖『猟銃』は、女性語りとカタカナの多いハイカラさが、当時の阪神間の雰囲気を伝えている。 ◆井上靖『闘牛』は阪神球場が舞台である（モデルは西宮球場）。	●宝塚文芸図書館を移した阪急学園・池田文庫が開設（1949）
昭和25年（1950）	◆久坂葉子『灰色の記憶』に阪神間の女の子のハイカラな生活が書かれる。	●西宮に日芸会館が開場。劇団民芸が「かもめ」（チェーホフ）で旗揚げする。宝塚新芸座が発足（1950）

昭和27年（1952）	◆井上靖『貧血と花と爆弾』に西宮球場を音楽会の会場に使用し、民間放送の開始の記念とする催しが描かれる。 ◆大岡昇平『酸素』は戦後の阪神間が背景となっている。 ◆井上靖『春の嵐』に、西宮で育った女の語り口で、終戦直後の大阪近辺が描かれる。 ◆『ドミノのお告げ』で芥川賞候補となった久坂葉子が12月31日、阪急六甲駅で三宮発特急電車に飛び込み自殺。	●宝塚映画製作所の設立（1951） ●芦屋市が国際文化住宅都市に（1951） ●サンフランシスコ講和会議（1951）
昭和28年（1953）	◆庄野潤三『流木』に関西学院の学生の恋愛と就職が描かれる。	●俳人山口誓子、苦楽園に定住（1953）
昭和29年（1954）	◆井上靖『あした来る人』に香櫨園在住の実業家が主役として登場する。	●芦屋を本拠に具体美術協会結成（1954）
昭和30年（1955）	◆遠藤周作『黄色い人』に戦時中の阪神間や阪神大水害が描かれる。	
昭和31年（1956）	◆富士正晴『贋・久坂葉子伝』に、阪急六甲駅で自殺した久坂葉子の思い出が書かれる。	●国際連合加盟（1956） ●西宮ヨットハーバー開設（1956）
	◆井上靖『射程』に戦争直後の大阪近辺と芦屋および芦屋川が対照的に描かれ、当時の状況が克明に書かれる。 ◆井上靖『弧猿』に宝塚の邸宅（橋本関雪邸がモデル）が登場する。	●関西歌舞伎の劇作家の食満南北が死去（1957）
昭和33年（1958）	◆田宮虎彦『神戸　我が幼き日の……』に西灘の味泥あたりや酒蔵の雰囲気が描かれている。	
昭和34年（1959）	◆佐藤愛子『愛子』に当時の阪神間のモダンな嗜好が描かれる。	○藤本義一が宝塚映画などで活躍

昭和36年（1961）	◆武田繁太郎『芦屋夫人』に戦後の芦屋夫人のイメージが描かれている。 ◆山崎豊子『女の勲章』に大阪・船場の女性が戦後の阪神間で生き抜くさまが描かれている。 ◆今東光『悪太郎』に当時の学生と関西学院の様子が書かれている。	●日米安保条約改定、岸内閣総辞職（1960） ●ベトナム戦争（1960～1975） ●西宮市が文教都市住宅宣言（1963） ○黒沢明や小津安二郎が宝塚映画で活動する
昭和39年（1964）	◆山崎豊子『花紋』に大阪近郊という設定の下に御影の大地主御寮様が登場する。	●川西で源氏まつりの時代行列はじまる（1964） ●東京五輪（1964） ●滴翠美術館が開設（1964） ●狂言師で初の人間国宝、善竹彌五郎が神戸で死去（1965）
昭和41年（1966）	◆野間宏『青年の環』に当時の西宮の雰囲気が描かれる。	
昭和43年（1968）	◆松本清張『内海の輪』に有馬や蓬莱峡が登場し、そのロケーションを利用した殺人が描かれる。 ◆水上勉『櫻守』（毎日新聞連載は1967年、出版は1969年）の桜博士は、宝塚・武田尾で「桜の園」を育てた笹部新太郎がモデル。 ◆野坂昭如『火垂るの墓』は戦争中の阪神間が背景となる（ユネスコが日本文学代表作品翻訳シリーズとして仏語訳で2006年に出版）。 ◆陳舜臣『六甲山心中』は六甲渦森の山の風景が背景となる（単行本出版は1971年）。 ◆小松左京『くだんのはは』は、西宮市、甲山近辺に伝わる牛女の伝承を取材して書いた小説。	○大学紛争 ●大阪万博（1970） ●西宮市神呪寺の俳人塚で供養祭がはじまる（1970）

昭和44年（1969）	◆司馬遼太郎『世に棲む日々』に西宮が登場。	●西宮市大谷記念美術館開館（1972）
昭和48年（1973）	◆山崎豊子『華麗なる一族』に阪神間の財界を舞台にその家庭の様子や親子の関係などが興味深く描かれている。 ◆遠藤周作『口笛をふく時』は阪神間と当時の学生の様子がうかがえる。 ◆かんべむさし『決戦・日本シリーズ』は、阪神と阪急が日本シリーズで夢の対決。勝ったほうの電車が負けたほうの路線を凱旋パレードで走る。	●オイルショック（1973） ●香雪美術館開館（1973）
昭和50年（1975）	◆黒岩重吾『女の樹林』に芦屋で育った2人の姉妹の生きざまが描かれる。	●近松記念館開館（1975） ●富岡鉄斎の作品を広く展示するため鉄斎美術館が清荒神清澄寺内に開館（1975）
昭和53年（1978）	◆宮本輝『青が散る』の連載が始まる。阪神間とそこで生きる若者を描く。	
昭和54年（1979）	◆司馬遼太郎『菜の花の沖』に役人・西宮港等、江戸時代の西宮近辺の様子が描かれている。 ◆村上春樹『風の歌を聴け』の舞台は阪神間である。	
昭和56年（1981）	◆栗山良八郎『宝塚海軍航空隊』に宝塚大劇場が海軍に接収された時代が描かれている。	
昭和57年（1982）	◆宮本輝『春の夢』の連載始まる。武庫之荘辺りが登場する。 ◆宮本輝『錦繡』は、女語りとともに阪神間のハイカラさが作品を特徴づける。	●宝塚で童話コンクールが始まる（1982）
昭和58年（1983）	◆阪田寛夫『わが小林一三』が宝塚歌劇場の草創期を描く。	

昭和59年（1984）	◆宮本輝『流転の海』に戦争直後の御影が登場する。 ◆田辺聖子『姥ざかり』は阪神間の老女をユーモラスに描く。 ◆平中悠一『シーズ・レイン』が阪神間の若者の美学を描く。	●建築家の村野藤吾が死去（1984） ●伊丹に柿衛文庫が開館（1984） ○『細雪』の舞台となった倚松庵が公開 ●西宮市が湯川（秀樹）記念賞を制定（1986） ●尼崎市が『近松ナウ』事業を始める（1986）
昭和62年（1987）	◆村上春樹『ノルウェイの森』の主人公たちは阪神間に生まれ育ち、その文化の影響を受けている。 ◆中山正子『ハイカラに、九十二歳―写真家中山岩太と生きて』は、写真家中山岩太の妻であり、自らも教育者であった正子の自叙伝。	○「百人一句」が制定される
昭和63年（1988）	◆玉岡かおる『夢食い魚のブルー・グッドバイ』は関西学院のキャンパスがモデルになっている。	●西宮に西田公園 万葉植物苑オープン（1988） ●小田実氏が第三世界最高の文学賞のロータス賞を受賞（1988） ●芦屋市に谷崎潤一郎記念館開館（1988） ●アイホールで創作劇の上演が始まる（1988） ●演出家・映画監督の武智鉄二氏死去（1988） ●芦屋市に俵美術館が開館し、矢立などを展示（1988）
平成元年（1989）	◆遠藤周作『反逆』に伊丹や尼崎が登場する。	●園田学園が近松研究所を開設（1989） ●漫画家手塚治虫死去（1989） ○近松作品のオペラ化（アルカイックホール、つかしんホール） ●芦屋市が富田砕花賞を創設（1990）

平成４年（１９９２）

◆村上春樹『国境の南、太陽の西』に阪神間の戦後の特徴が記されている。

平成７年（１９９５）

◆小松左京『大震災』は阪神間を襲った「震災」を総合的に分析する。

◆阪神間を舞台にした小説を発表して注目されているキョウコ・モリ、のニューヨークタイムス「ベストブック賞」を受賞した小説『シズコズドーター』が逆輸入され関心を集めた。

○神戸女学院に「シェイクスピア・ガーデン」開園

●司馬遼太郎『街道をゆく』の挿絵を描いた画家・須田剋太死去（１９９０）

●俳人の阿波野青畝死去（１９９２）

●宝塚市に手塚治虫記念館オープン（１９９４）

●県立ピッコロ劇団旗揚げ（１９９４）

●源氏物語の語りべといわれた村山リウが芦屋で死去（１９９４）

●阪神・淡路大震災（１９９５）

●華道小原流家元・小原豊雲死去、フランス哲学を紹介した澤瀉久敬死去（１９９５）

●グラフィックデザイナーの菅井汲死去（１９９６）

●平家物語を伝えた琵琶法師を顕彰する「覚一忌」が尼崎・大覚寺で始まる

●アイホール（伊丹市）で実践戯曲講座「伊丹想流私塾」（１９９６）

○この頃、芦屋の女人舞楽が海外公演をたびたび行う

○フランスのガリマール出版社が谷崎潤一郎の全集を刊行

○鬼貫の俳句、フランス歌曲として里帰り公演

●阪神芸術祭始まる（１９９９）

●虚子記念文学館が開館、宝塚映画祭始まる（２０００）

●尼崎市が近松の功績を顕彰するとともに、次代の演劇界を担う優れた劇作家の育成を目的とした近松賞（正式名 近松門左衛門賞）を創設（２０００）

平成13年（２００１）	◆北村薫『リセット』に芦屋の寝室で米英との戦争を回想するシーンが描かれている。	●西宮神社で海上船渡御が４００年ぶりに復活（２０００） ●神戸大学内に山口誓子記念館オープン（２００１）
平成16年（２００４）	◆玉置通夫の『甲子園球場物語』は、高校野球の聖地となった甲子園球場の80年にわたる歴史をつづった。同球場でおこなわれた歌舞伎公演のエピソードなども。	●「ネットミュージアム兵庫文学館」開設（２００２）
平成17年（２００５）	◆直野祥子『夙川ひだまり日記』は、阪神大震災で愛した街と家が崩壊し、記憶の中にだけ生き残った、昭和30年代の六甲山が見える阪急沿線の暮らしを描き出した絵日記。	●「兵庫県立芸術文化センター」開館（２００５）
平成18年（２００６）	◆清水博子『ｖａｎｉｔｙ』は、阪神間を舞台にした、東京の外資系ＯＬ画子と神戸六甲マダムとの、エレガントでシビアな闘いの物語。 ◆小川洋子『ミーナの行進』は、１９７０年代初頭の芦屋の、どこか不思議な光と影が差すお屋敷でくり広げられる、２人の少女と家族の物語。（第42回谷崎潤一郎賞受賞）	●阪神電気鉄道株式会社と阪急ホールディングスが経営統合（２００６） ●かつて“女の園”タカラヅカに「男子部」があった。そこで懸命に頑張った男たちの青春グラフティを描いた『宝塚ＢＯＹＳ』が、兵庫県立芸術文化センターで上演される（２００７）

参考文献

伊井春樹『小林一三の知的冒険――宝塚歌劇を生み出した男』本阿弥書店、二〇一五年
市居義彬『谷崎潤一郎の阪神時代』曙文庫、一九八三年
浦澄彬『村上春樹を歩く――作品の舞台と暴力の影』彩流社、二〇〇〇年
江崎美恵子『芦屋スタイル』講談社、二〇一三年
榎本健一『喜劇こそわが命』日本図書センター、二〇一二年
小野正裕「阪神音楽史年表」私家版、二〇〇三年
河合隼雄『神話と日本人の心』岩波書店、二〇〇三年
河野多恵子『谷崎文学と肯定の欲望』文藝春秋、一九七六年
小松左京『大震災'95』河出文庫、二〇一二年
坂上義太郎『阪神美術探訪』光村推古書院、二〇一一年
阪田寛夫『わが小林一三――清く正しく美しく』河出書房新社、一九八三年
佐藤愛子『花はくれない――小説　佐藤紅緑』講談社、一九六七年
薄田泣菫『完本　茶話（上・中・下）』冨山房百科文庫、一九八三―一九八四年
高木治江『谷崎家の思い出』構想社、一九七七年
たつみ都志『ここですやろ谷崎はん――潤一郎・関西の足跡』広論社、一九八五年
――『あゝ幻の倚松庵――よみがえれ『細雪』の家』私家版、一九八八年
田辺聖子『歳月切符』筑摩書房、一九八二年
中島俊郎編『岡本　わが町――岡本からの文化発信』神戸新聞総合出版センター、二〇一五年

南野武衛『西宮文学風土記（上・下）』神戸新聞出版センター、一九八二年
「阪神間モダニズム」展実行委員会『阪神間モダニズム――六甲山麓に花開いた文化、明治末期―昭和15年の軌跡』淡交社、一九九七年
阪神電気鉄道株式会社『阪神電気鉄道百年史』二〇〇五年
堀江珠喜『猫の比較文学――猫と女とマゾヒスト』ミネルヴァ書房、一九九六年
森繁久弥『さすらいの唄――私の履歴書』日本経済新聞社、一九八一年
山崎正和『プログラムの余白から』文藝春秋、一九八〇年
湯川スミ『苦楽の園』講談社、一九七六年
柚木学『伊丹酒造業と小西家』小西酒造、一九九三年
『大阪春秋』（第二七号）「特集 阪神間（芦屋・西宮・尼崎etc）」新風書房、一九八一年所収
『現代日本文学全集（第五八巻）土井晩翠、薄田泣菫、上田敏、蒲原有明集』筑摩書房、一九五七年
『國文學 解釈と教材の研究』（第三〇巻第三号）「中上健次と村上春樹――都市と反都市」學燈社、一九八五年
『メ〜テレ本――あなたは羊ですか、それとも狼ですか。』（アサヒオリジナル）朝日新聞出版、二〇一二年
『ユリイカ』（臨時増刊号）「総特集 村上春樹の世界」青土社、一九九九年
『ユリイカ』（二〇一一年一月臨時増刊号）「総特集＝村上春樹『1Q84』へ至るまで、そしてこれから…」青土社、二〇一〇年

著者略歴

河内厚郎（かわうち あつろう）

1952年西宮市生まれ。甲陽学院高校卒。一橋大学法学部卒。

演劇評論家として執筆業に入る。
1987年から『関西文學』編集長を2期つとめる。1991年、大阪市内に個人事務所を開設。文化プロデューサーとして大阪市から「咲くやこの花賞」を受ける。読売新聞大阪本社から「読売賞」を、宝塚市から市制50周年記念表彰の「文化功労賞」を、兵庫県から「文化功労賞」を受ける。
NHK番組審議員、NHKラジオセンター21世紀プロジェクト委員、毎日新聞紙面審議員などを歴任。
現在、阪急文化財団理事。時事通信の書評を担当。

関西経済同友会幹事。

歌舞伎学会会員。楽劇学会会員。和文化教育学会理事。コミュニティ・デザイン研究会理事。

著書に『淀川ものがたり』（廣済堂出版）『わたしの風姿花伝』（沖積舎）多田道太郎氏との共著『阪神観――「間」の文化快楽』（東方出版）など。

阪神間近代文学論
柔らかい個人主義の系譜

2015年10月15日 初版第一刷発行

著　者　河内厚郎

発行者　田中きく代
発行所　関西学院大学出版会
所在地　〒662-0891
　　　　兵庫県西宮市上ケ原一番町1-155
電　話　0798-53-7002

印　刷　株式会社 遊文舎

ISBN 978-4-86283-209-2